琼 瑶
作 品 大 合 集

人在天涯

琼瑶 著

作家出版社

琼瑶，本名陈喆，作家、编剧、作词人、影视制作人。原籍湖南衡阳，1938年生于四川成都，1949年随父母由大陆赴台生活。16岁时以笔名心如发表小说《云影》，25岁时出版首部长篇小说《窗外》。多年来笔耕不辍，代表作包括《烟雨蒙蒙》《几度夕阳红》《彩云飞》《海鸥飞处》《心有千千结》《一帘幽梦》《在水一方》《我是一片云》《庭院深深》等。

多部作品先后改编成为电影及电视剧，琼瑶也因此步入影视产业。《六个梦》系列、《梅花三弄》系列、《还珠格格》系列等，影响至深，成为几代读者与观众共同的记忆。

琼瑶以流畅优美的文笔，编织了众多曲折动人的故事。其作品以对于梦的憧憬和爱的执着，与大众流行文化紧密结合，风靡半个多世纪，成为华文世界中极重要的文学经典。

我為愛而生，我為愛而寫
文字裡度過多少春夏秋冬
文字裡留下多少青春浪漫
人世間雖然沒有天長地久
故事裡火花燃燒愛也依舊

瓊瑤

第一章

飞机起飞已经好一会儿了。

窗外，是一层层的云浪，云卷着云，云裹着云，云拥着云。志翔倚窗而坐，呆呆地凝视着窗外那些重叠的云层。第一次坐飞机，第一次越洋远行，第一次真正地离开家——离开台湾。心里所充塞着的感觉，就像那些卷拥堆积着的云一样：一片迷茫中却闪耀着太阳的光华。离愁与期待，追寻与兴奋，迷惘与欣慰……都矛盾地、复杂地充满在他胸臆里。他不知道哥哥志远当初留学时，是不是和他现在一样，也满怀说不出来的滋味？想必，志远比他更增加了几分迷惘吧，因为志远那时是单独扑奔一个人地生疏的地方。而他——志翔，却是奔向哥哥！哥哥！哥哥正在罗马，那神奇的、音乐与艺术之都！哥哥正在等待他的到达，要他去分享他的成功。对志翔而言，罗马是许多明信画片的堆积——志远陆续寄回家的，他在旅行杂志上看到的，以及电影上看到的：古竞技场，大喷泉，罗马废墟，梵蒂冈，米开朗琪罗……当然还有那豪华的歌剧院！罗马，他梦寐以求的地方。现在，飞机就往那个方向飞去，每往那边飞近一分钟，就离家更远一分钟！

家！志翔摇摇头，竭力想用"罗马"来治愈自己的离愁。可是，在那闪熠着阳光的云层深处，也闪熠着老父和老母眼中的泪光。三十二年，多么漫长的岁月，带大两个儿子，八年前送走志远，现在又送走了志翔。志远能够一去八年，志翔又会去多久？靠在椅子里，志翔闭上眼睛，父亲那萧萧白发的头颅，和那戴着眼镜的眼睛，就浮在他的脑海里。

"志翔，别记挂你爸和你妈，你爸和你妈的能力都还强着呢！再教个二十年书绝无问题。你去了，要像你哥哥一样争气。你知道，爸妈不是老古板，并不是要你一定要拿什么学位，而是希望你能真正学一点东西回来！"

爸爸就是爸爸，当了一辈子教书匠的爸爸！即使送儿子上飞机，说话也像对学生——不忘了鼓励和教训。妈妈就不同了，毕竟是女人，说话就"感性"得多：

"见着你哥哥，告诉他，八年了。他也算功成名就了，不要野心太大，能回家，就回家看看吧！他三十二岁的人了，也该结婚了！""嗳，又是妇人之心作祟！"爸爸打断了妈妈，"音乐和艺术都一样，是学无止境的，志远不回来，是觉得自己还没学够，何况志翔去了，他总得留在那儿照顾志翔两年，你催他回来干吗？时间到了，孩子自己会飞回来！"

"是吗？"妈妈笑得勉强，"只怕长大了的小燕子，飞出去就不认得自己的窝了。""你这是什么话！有这么说咱们孩子的吗?"爸爸揽住妈妈责备地问。老夫老妻了,还是那么亲热。只是,不知怎的,这股"亲热"劲儿,却给志翔一种挺凄凉的感觉。仅有的两个儿子都走了,剩下了老夫老妻,那种"相依为命"的情景就特别加重了。"别忘了,"爸爸盯着妈妈,"咱们的两个儿子,都是不同凡响的!""当然哪!"妈妈强颜欢笑,"男人都一样,儿子是自己的好,太太是人家的好!""你总不能跟自己的儿子来吃醋的!"爸爸说。

一时间,妈妈笑了,爸爸笑了,志翔忍不住,也跟着笑了。只是,这些笑声里仍然有那么股淡淡的无奈与凄凉。在那一刹那,志翔猛地觉得眼眶发热,喉中发哽,就跑了过去,用两手抱住父母的脖子,悄声说:

"放心,爸爸妈妈,我和哥哥,永远认得自己的家!只要学有所成,就一定回来!"

"怎样算'学有所成'呢?你哥哥的声乐,已经学得那么好了,他却迷上了歌剧院……"

"妈妈,是你的遗传啊!也是你的光荣啊!哥哥能和许许多多国际著名的歌剧家同台演戏,你还不高兴吗?"

妈妈又笑了,笑容里有欣慰,却也有惆怅。

"儿子有成就总是好的,只是……"

"只是你想他罢了!"爸爸又打断她,"这些年来,志远寄来的钱,要还旧债,要支持志翔留学,所以没有剩。再熬过一两年,我们把志翔的新债也清了以后,我们去欧洲看他们!你也偿了多年来,想去欧洲的夙愿!"

"现在,那'夙愿'早变了质……"

"别说了，说来说去，你舍不得儿子们！"爸爸忽然低叹一声，"如果他们两个，都是庸庸碌碌、平平凡凡的孩子，倒也算了。可是，他们却都那么优秀！"

优秀？志翔的眼光又投向了窗外的云层。优秀？他仿佛又回到了童年，六岁，他第一次捧回全省儿童绘图比赛的冠军银杯，爸爸眼中闪着何等骄傲的光芒！

"我们家不只有个音乐天才，又出了个小艺术家！"

那时候，从小有"神童"之誉的哥哥志远已十四岁，志远四岁就参加了儿童合唱团，从小得的银杯银盾、锦旗奖状早已堆满了一屋子。妈妈常常取笑爸爸：

"你教美术，我教音乐，看样子，我的遗传比你的强呢！"

从这次以后，妈妈不再说话。志翔也不再让志远专美于前。志远每得到银杯，志翔往往也捧回一个。但是，绘画与歌唱不同，志远那与生俱来的磁性歌喉，和后天的音乐修养，使他在银杯奖状之外，还得到更多的掌声。从小，志翔就习惯被父母带到各种场合去听志远演唱，每次，那如雷的掌声都像魔术般燃亮了父母的眼睛，燃亮了志远整个的脸庞。于是，身为弟弟的志翔，也被那奇妙的兴奋和喜悦感动得浑身发热。他崇拜志远！他由衷地崇拜志远！这个比他大八岁的哥哥，在他看来有如神灵。志远呢？他完全了解弟弟对自己这种近乎眩惑的崇拜，他总以一种满不在乎似的宠爱来回报他。他常揉着志翔那满头柔软的乱发，说：

"志翔！你哥哥是个大天才，你呢？是个小天才！"

他说这话的时候，语气是那么亲昵、自信，与骄傲。志翔丝毫不觉得"小天才"是贬低他，在志远面前，他自认永远稍逊一筹，也心甘情愿稍逊一筹。志远本来就那么伟大嘛！伟大，是的，谁能有一个像志远那样的哥哥而能不骄傲呢？他永远记得自己小时候受人欺侮，或是和邻居的孩子打了架，志远挺身而出的那一声大吼：

"谁敢欺侮我弟弟？"志远声若洪钟，孩子们吓得一哄而散。志远用两手搂着他，像是他的"保护神"。

童年的时光就是这样过去的，虽然他也常拿奖状银杯，虽然他也被学校誉为"不可多得的奇才"，他却无法超越志远的光芒，也不想超越志远。他像是志远的影子，只要站在志远旁边，让他去揉乱他那生来就有点自然卷的头发，听他用亲昵的声音说："志翔，将来有一天，你哥哥会培植你！虽然你只有一点儿小天才！"七八岁，他就懂得仰着头，对志远说：

"哥，将来你当大音乐家，我只要做个小画家就好了！"

"没志气！"志远笑着骂，把他的头发揉得更乱。

志远是二十四岁那年留学的，父母倾其所有，借了债把他送去罗马。因为有三位教授同时推荐他去读那儿的音乐学院。志远出去时，志翔才十六岁，站在机场，他有说不出来的离愁别绪，要他离开哥哥，比要他离开父母还难受。志远显然了解他的情绪，站在他面前，他用炯炯有神的眼光盯着他，肯定地、坚决地、很有把握地说：

"等着！小画家，我会把你接出来！"

说完，他又揉了揉他的头发，就转身走入了验关室。志翔满眶热泪地冲往餐台，遥望他的哥哥走上飞机。志远在飞机舱口回过头来,对他遥遥挥手,他至今记得哥哥那神态:潇洒、漂亮、英气逼人。那一别,就是八年。从那天起,是书信维系着天涯与海角间的关系,志远懒于写信,常用明信片简明扼要地报告一切;毕业了,进了研究院,又毕业了,进了歌剧院。由小演员到小配角,由小配角到大配角,由大配角到重要演员……他开始寄钱回家,不断地寄钱回家;让咱们家那个大画家准备留学吧!什么时候起小画家升格成了大画家!他可不知道。

志远没有食言,志翔早就知道,他不会食言。志远就是那种人,说得到!做得到!

飞机有一阵颠簸,麦克风中呼叫大家系安全带,志翔系好了带子。下意识地伸手到口袋中,摸出一张皱皱的、已看得背都背得出来的明信片,明信片的正面,是半倾圮的圆形古竞技场,反面,是志远那龙飞凤舞般的笔迹:

大画家:

　　一切都已就绪。××艺术学院对你寄来的画极为叹赏,认为你是不可多得的天才,学费等事不劳操心,有兄在此,何须多虑?来信已收到,将准时往机场接你。兄弟阔别八年,即将见面,兴奋之情,难以言表!请告父母,万祈宽心,弟之生活起居,一切一切,都有为兄者代为妥善安排也。

　　　　　　　　　　　　　　兄　志远

志翔郑重地收好了明信片，就是这样，志远的信总是半文半白，简明扼要的。他把眼光又投往窗外，云层仍然堆积着，云拥着云，云绕着云，云叠着云。他向层云深处，极目望去，云的那一边，是泪眼凝注、白发萧然的父母。云的另一边，是光明灿烂的未来，和自己那伟大的哥哥！

第二章

在香港转了 BOAC 的飞机,飞了将近二十个小时,终于,飞机抵达了罗马机场,是罗马时间的上午八点三十分,跟台北时间,足足相差了七小时。

志翔看了看机场的大钟,首先校正了自己的手表。放眼望去,满机场的人,都是外国面孔,耳朵里听到的,都是异地语言,一时间,志翔颇有一份不真实的、做梦般的感觉。办好了入境手续,取到了行李——妈妈就是妈妈,给他弄了一皮箱春夏秋冬的衣服,还包括给志远的。提着皮箱和大包小包的行李,跨出了海关,他在人群中搜索着。志远呢?身高一米八、漂亮潇洒的志远是不难寻找的,他从人群中逐一望过去,万一哥哥不来接他,他就惨了,初到异国,他还真不知道如何应对呢!"志翔!"一声熟悉的、长久没有听到的、亲切的、热烈的呼喊声骤然传进他的耳朵。他转过身子,还来不及看清楚面前的人,就被两只有力的手臂一把抱住了。

他喜悦地大叫了一声：

"哥哥！我还以为你没来呢！"

"没来？"志远喘了一口长气，"我怎么可能不来？我来了三小时了，一直坐在那边的长椅子上，一边抽烟，一边回忆。"他重重地在志翔肩上拍了一下，眼眶有些湿漉漉的。"嗨！志翔，你长高了，高得我没办法再揉你的头发了。而且，你变漂亮了，几乎和我当年一样漂亮了！"

志翔望着志远，这时，才能定睛打量离别了八年的哥哥。噢，二十几岁到三十出头是一段大距离吗？志远依然是个漂亮的男人，只是，他瘦了，眼角眉梢，已有了淡淡的皱纹，他也黑了，想必罗马的太阳比台北的大。他有些憔悴，有些疲倦，那唱歌剧的生涯一定是日夜颠倒的！平常的现在，可能是他的睡眠时间吧！他身上还有浓重的烟草与酒混合的气息，他那些演员朋友大概生活浪漫……他凝视着志远，同时间，志远也在定定地凝视着他，于是，忽然间，兄弟两人的手，紧紧地握在一起了。"告诉我，"志远说，喉咙有些沙哑，"爸爸和妈妈都好吧？"

"爸爸的头发白了，妈妈天天怪你……"

"怪我？""怪你不写信回家，怪你的信像电报一样短，怪你到现在不讨老婆……嗨！哥，你是不是有了意大利太太，不敢写信回家报告啊？""你完全猜对了！"志远笑着说，笑得那么开朗，看起来似乎又像当年那样年轻了。

"真的呀？"志翔睁大了眼睛，四面找寻，"她有没有跟你一起来？""别驴了！"志远一手接过他的皮箱，另一手又在他肩上猛敲了一记,"我永远不可能讨外国老婆,她们有羊臊味!"他扬扬头。"走吧!先回家去休息一下,我再带你参观罗马!"

走出了机场,迎面而来的,是熏人的暑气,没料到欧洲的夏天,也这样热!志远把箱子放在地上,说:

"你等在这儿,我去开车来!我的车子在停车场!"

"你有车子吗?"志翔惊奇地问,在台湾,教中学的父母,是怎样也不会想到拥有私人汽车的。但是,志远——哦,志远是歌剧明星,生活当然豪华!

"一辆——小破车而已,"志远犹豫了一下,解释什么似的说,"在国外,没车等于没有脚。怎么?我信上没说过吗?"

"你的信才短呢,什么都没说!"

志远笑了笑,不知怎的,那笑容显得有些勉强,他走开去开车了。志翔敏感地觉得自己说错了什么,这也不能怪哥哥的!他一定很忙,忙得没有时间写信!或者,他那演员生活,多少有些"糜烂",所以来信不愿说得太多,思想保守的父母,会无法接受。想通了,他暗暗地点点头,不管哥哥的生活怎样,他永远是他心中的神灵,他会站在哥哥一边。突然一阵喇叭响,他抬起头,志远正从一辆"车"上走下来。他睁大眼睛,望着那辆"车"。天!这也算车吗?哥哥说的竟是实话!这是辆名副其实的小破车!原来的颜色可能是红的,现在却红褐分不清了,因为已被斑斑的铁锈布满了,车头灯是破的,车尾瘪了一大块,车身是东歪西扭的……小破车!在台北要找这样的小破车也不容易呢!

"意大利人开车毫无道德，就喜欢乱冲乱撞！"志远说，把志翔的行李放进行李箱，"有好车子也没用！如果不是我住的地方离歌剧院太远，我才不开车呢！"他扶着车门，忽然抬起头来，望着志翔，想说什么，却又咽下去了。"上车吧！车上再谈。"志翔困惑地蹙了一下眉，觉得志远似乎有些神秘。

上了车，志远发动了马达，那车子像坦克般鸣叫了起来，然后，一阵颤抖，又一阵叹气，再一阵震动……最后，却熄了火。志远嘴里发出一串稀奇古怪的诅咒，大约全是意大利话，志翔一个字也听不懂。志远再发动，又发动……终于，那车子很有个性的、"呼"的一声冲出去了，差点撞到前面一辆车子的尾巴。车子上了路，志远掏出一支烟，燃着了烟，他一面抽烟，一面开车，脸上有种犹疑不定而深思的表情。志翔闻着那绕鼻而来的烟味，情不自禁地说：

"哥，你抽烟很凶吗？"

"唔……还好。""烟不会坏嗓子吗？""唔……"车子一个急转弯，又差点和迎面而来的车撞上，志远一面猛按喇叭，一面却又低低诅咒，志翔却吓出了一身冷汗。"哥，在意大利开车，我看需要很强技术呢！"

"如果你能在意大利开车，你就能在世界各地开车！"志远说，望着前面的道路，车子在无数的车群中穿梭。志远深深地吸了一口烟，牙齿咬着烟蒂，他的眼光笔直地瞪着前面，好半晌，他取下了烟，哑声说："志翔，我必须告诉你……"

志翔的眼光正浏览着车窗外面，那些古典的欧洲建筑，那些饰着浮雕的教堂，那些街头的喷泉……他忽然大大地喘口气,就惊呼了起来:"噢,凯旋门!我以为巴黎才有凯旋门!噢,那是什么?竞技场吗?古罗马时代的竞技场吗?噢!马车!这时代还有马车吗?噢!哥,我要发疯了,这些东西会使我发疯!你能停车吗?我要拿纸笔把它画下来。"

"志翔!"志远沉着地说,唇边浮起一个略带萧索的笑容,"你的时间多着呢!先回家休息休息,下午再出来吧,这不过是你来罗马的第一天而已!"

志翔压制了自己那兴奋的情绪,为自己的失态而有些讪然。他心不在焉地问:"你刚刚说要告诉我什么?"

"唔……"志远又燃起了一支烟,"回家再说吧!"

志翔忽然回头望着志远,热烈地说:

"哥,你现在带我去看一个地方好吗?"

"什么地方?""你表演的那家歌剧院!我要看你的海报,你的戏台,你的化妆间……""哦!"志远唇边的肌肉牵动了一下,"改天吧!为了你要来,我昨晚兴奋得一夜失眠,现在好累好累!而且,也快要吃中饭了。"噢!原来如此,志翔望着他,怪不得他面有倦容,怪不得他猛抽香烟!和哥哥比起来,他未免太"寡情"了。初到异地,对什么都新奇,对什么都有兴趣,而志远呢?显然他最关怀的是弟弟的到来。他有些惭愧了。

"对不起,哥。"他喃喃地说。

志远伸过手来,抓住了他的手,安慰而宠爱地紧握了一下,什么话都没说。车子穿过了闹区,那些漂亮的建筑渐渐少了,车子越走越远,志翔狐疑地望着窗外。心想,志远住的地方实在很远,想必,有钱的人才住在郊外吧!可是,这也不算郊外,车子滑进了一条窄巷,巷子两旁,栉比鳞次地盖着一些矮屋,有些像台北的违章建筑。矮屋前,一些意大利妇女挽着裙子,裸露着腿,在门前洗衣晒衣,孩子们在街上追逐叫骂。车子转了一个弯,巷子更窄了,面前出现了一些摇摇欲坠似的危楼,可能盖了有几百年了,可能即将拆除了……车子停了下来,正在一栋危楼的前面。"到了!"志远简单明了地说,"上二楼,左边的一家,别走到右边去,右边住了一个酒鬼,不好惹!"

志翔拿着行李,跟着志远往二楼爬,没电梯,楼梯是木造的,踩上去咯吱咯吱响,每一步都似乎可能把楼板踩穿。到了二楼,志远取出钥匙开了门,志翔默默地走了进去。门里,是一阵扑鼻的霉味。暗沉沉的光线下,志翔打量着那简单的"客厅",一张破沙发,上面堆满书报杂志,一张书桌,上面光秃秃地放着一盏没罩的台灯。几把椅子,一张餐桌。墙上,早已油漆斑驳,到处都有水渍。窗帘是陈旧的,旧得像电影中的老布景。他向"卧室"看去,"卧室"门口,触目所及,是一张像对联似的东西,贴在墙上。上面是志远从小就练就的一笔好毛笔字,写着:

"春去秋来年华渐老天涯海角壮志成灰"

他愕然地回过头来,怔怔地看着志远,志远也正默默地面对着他。兄弟二人无言地对视着。好一会儿,谁也不说话,室内沉寂得可以听到两人呼吸的声音。然后,志翔终于开了口,他轻声地、小心地问:

"你并没有在歌剧院演大角色,是吗?"

"工作并不那么容易找,"志远哑声回答,"尤其,对于东方人。""你真在歌剧院工作吗?"

"是的。""是配角吗?"志远默然。志翔走了过去,一把抓住了志远的手臂。

"不管你是配角,还是配角的配角!"他激动地、大声地说,脸涨红了,"你是个伟大的声乐家!你是我最敬佩的哥哥!我来了,我们要一起往一个理想上走,爬得再慢,也要往上爬!我会瞒住爸爸妈妈,可是……"他跑到卧室门边去,一把扯下那张纸,撕碎了它。"你还有壮志的,是不是?哥哥?"

"是的,"志远眼睛里闪着光,热烈地盯着他,"都在你身上,志翔!"

第三章

志远和志翔终于面面相对地坐下来了,志远又燃起了一支烟,他身边小几上的烟灰缸里,已堆满了烟蒂,室内被烟雾弄得迷迷茫茫的。透过那浓重的烟幕,志远悄悄地审视着志翔;二十四!不再是个十六岁的少年了!和他当年初抵罗马时的年龄一样,也和他当年一样充满了兴奋、雄心、壮志、豪情与新奇。志翔,那微卷的一头黑发,那年轻的光润的面庞,那发亮的眼睛和宽阔的前额……他多漂亮,像透了八年前的他!是的,志翔原是他的影子!

"哥哥,"志翔下定决心地抬起头来,"现在我懂了,这些年来,你并不像我们想象中那么得意,而你却不断寄钱回家,不断支持家用,又负担我的旅费……现在,我来了,让我告诉你,我要先去打工……"

"你下星期一开学,学费已经缴了。"志远简单明了地说,深吸了一口烟,"明天你就带着证件,跟着我去办入学手续,你来罗马,是来念书的,不是来打工的!"他盯着弟弟,语气里充满了命令的味道,"你会住得苦一点,吃得苦一点,可是,我保证,你的学费和生活,我还负担得起!"

"哥哥,"志翔凝视着他的眼睛,"你听我说……""你别说了!"志远站起身,在室内一面兜着圈子,一面努力整理着自己的思绪,"你的一切在你来以前,就都安排好了!到了罗马,你得听我的,不是我听你的!"他忽然停在志翔面前,脸上那份凝重已消失无踪,扬起眉毛,他笑了。"小画家,别把你的天才哥哥想得太窝囊,好不好?是的,我没演上大角色;是的,我只是配角中的配角;是的,我的待遇不高……可是,路是人走出来的,是不是?志翔,你信不信任我?"

志翔看着志远,后者脸上忽然涌起的那份光彩和欢乐的气息振作了他,他不由自主地挺直了身子。

"我当然信任你,哥哥!"

"那么,振作起来,别愁眉苦脸!"志远笑着嚷道,竭力让声调中充满了轻快,"今天是你第一天到罗马,我为你也有点小安排。"话没说完,传来轻微的敲门声,志远顿时精神一振,一半喜悦、一半神秘地说:

"她来了!""谁?"志翔困惑地问。

志远没回答,却对他更神秘地笑了笑,笑容里充满了某种难解的期待,和一份压抑不住的兴奋。走到门边,他打开房门,志翔看过去,惊愕地发现一个满脸含笑的东方少女,正亭亭然地站在门口。黑色的、像丝缎般光亮的长发,中间分开,从面颊两旁自然然地披泻了下来,垂在肩上。一对温柔的、沉静的、笑意盈盈的眸子,正悄然地凝注在志远的脸上,只是一瞬间,这眼光已从志远脸上移开,落到志翔脸上了。志远让开身子,眼睛里闪着光彩,对那女孩说:"忆华,你看,我没吹牛吧!我弟弟是不是很帅?"

原来这是个大陆女孩!志翔站起身子,被哥哥这种介绍的方式弄得有些尴尬。哪有如此"乱捧"弟弟的人!那名叫忆华的少女走进来了,大大方方的,安安详详的,她微笑着对志翔看了看,就又把眼光转回到志远脸上,她的眼珠好黑,好深,好温柔。"这下你该高兴了,"她说,声音轻柔如水,说的竟是一口好汉语,"你早也盼,晚也盼,总算把弟弟盼来了。"

"志翔!"志远对他一招手,"来,你见见忆华,高忆华,高低的高,回忆的忆,中华的华。她父亲说打她一出生起,就想带她回去,所以取名叫忆华,从小就教她说汉语,可是,到现在,她还没回去过,她是在意大利土生土长的华侨!你别轻视这件事,在国外长大的华侨,十个有九个是不会说汉语的!是不是,忆华?"忆华仍然微笑着,眼光始终悄然地凝注在志远的脸上。志翔敏感地觉得,她和哥哥之间一定不简单!这样一想,他就情不自禁地、更仔细地打量着高忆华,好年轻!大约只有二十来岁!一件简单的米色麻布衬衫,下面系着条浅蓝色小花的裙子,朴素中流露着自然,端庄中不失清丽,最特殊的,还是她浑身上下带着的那抹恬静与温柔的气质。多好!他模糊地想着,兴奋了起来,哥哥在国外,并没有虚度他的青春!

忆华在志翔那敏锐的注视下有些不安了,她很快地扫了志翔一眼,两人眼光接触的一刹那,忆华不知为何红了红脸,就很快地说:"好了,志远,家里饭菜都准备好了,你们也该过去了吧,别让爸爸老等着!"志远没有忽略忆华的"红脸"。他一手拉住了志翔,一手挽住了忆华,说:"志翔,我是男人,可没办法弄出什么吃的东西来,所以,我麻烦忆华给你做了些菜,为你接风。忆华的中国菜是第一流的,包你在馆子里都吃不到!这也是我不让你在路上停留,急急把你带回家的原因,总不能让人家忆华做了菜等不着人啊!吃完午饭,下午如果你还有精神,我们三个人,可以开着咱们的小破车,去观光罗马市!"

"哥,你真是……"志翔不知该怎么说,又看了忆华一眼,"这样麻烦人家高小姐……"

"得了!得了!"志远叫着说,"八年不见,你真成了绅士了,哪来这么多客套?忆华就是忆华,什么高小姐,她还有个意大利名字,叫——兰西丝卡,噜苏极了,就叫她忆华吧,咱们不是意大利人!走吧!我们到忆华家里去。志翔,你别认生,忆华家就和我自己家差不多,你来了,也要把她家当成自己家,用不着客气,也用不着分彼此!"

话说得很明显了,志翔暗中微笑了一下。自从在飞机场见到志远,还没看到他像现在这样神采飞扬。

走出了房门,下了楼,他们置身在阳光里了。罗马的阳光,罗马的陋巷!志翔打量着周围的环境,心里模糊地想着,是不是任何著名的城市里,都有着这样嘈杂零乱的角落!可是，零乱归零乱，那异国的情调仍然浓重，地是石板铺成的，巷尾有古老的小教堂，竖着孤寂的十字架。路边有各种小店，面包、酒吧、小咖啡馆、Pizza（一种意大利饼）店，一个胖大的意大利女人，正站在饼店门口吃Pizza，志翔惊奇地看着她把奶酪拉得长长的，再绕在饼上，送进嘴里去吃。

"意大利人最爱吃奶酪！"志远笑着解释，"奶酪和啤酒！所以，十个意大利人有八个是胖子！"

他们停在一家小小的皮鞋店门口，门面很小，挂着大张大张的羊皮牛皮，几双鞋子，门上有个招牌，用意大利文和英文写的，翻译成中文，是"荷塞鞋店——修理，定做，准时交货"。"到了！"忆华微笑着说。

志翔惊奇地看着这门面，想不透怎么会到了一个皮鞋店来。"我爸爸从学徒干起，"忆华安静而平稳地说，"做了一辈子的鞋匠，荷塞是他的意大利名字。"

"你知道，"志远接着说，望着志翔，"意大利皮鞋，是世界闻名的！"世界闻名的意大利皮鞋，中国的鞋匠！志翔有一些迷惘，不知心中在想些什么，犹疑中，忆华已经推开那扇玻璃门，门上有一串铃铛，顿时发出一阵清脆的叮当声。同时，忆华扬着声音喊："爸爸！客人来啦！""该罚！"志远咂了一下嘴。

"怎么？"忆华回头凝视着志远。

"刚说过是一家人，你就说是客人！客人，客人，谁是你的客人？"他微笑地、抢白地问道。

忆华的脸又红了，眼睛里流转着光华。志翔发现她很容易脸红。望着她和志远间的神情,他不禁看呆了。正出神间,屋里响起一阵热烈的、爽朗的、低哑而略带苍老的嗓音,叫着说:"志远!是志翔来了吗?"

跟着这声音出现的,是一个中等身材、宽肩膀、满头花白头发的老人。他脸上刻满了皱纹,眼角眉梢,到处都有时间和风霜刻下的痕。可是,他那对眼睛却是炯炯有神的,面颊也是红润而健康的。他看来虽已年老,却依然健壮,而且,是个充满生命活力的人。他腰上还系着一块皮围裙,一走过来,就满身都是皮货的味道。

"高,"志远对这老人的称呼相当简单,"这就是志翔!"他像献宝般把志翔推上前去,"一个未来的大艺术家!你看看他,是不是很漂亮?"志翔又有那种尴尬的感觉,对老人鞠了一躬,他恭敬地喊了一声:"高伯伯!""叫我高!"老人爽朗地喊着,"中国人叫我高,外国人叫我荷塞,没有人叫我高伯伯,也没有人叫我真正的名字,我的中文名是高祖荫。当年,只有忆华的妈叫我祖荫,自从她妈去世后,就没有人叫我祖荫了。"

"爸,别提老事哩!"忆华柔声说,走过去,解下父亲腰上的围裙,"怎么还系着这个呢!"她半埋怨半娇嗔地说,流露出一份自然的亲昵和体贴。老人用爱怜的眼光望了女儿一眼。"好,不提老话!今天是高兴的日子,志远,咱们得喝一杯!忆华这傻孩子,做了一桌子菜,像发疯了似的,她准以为你们家志翔是个大饭袋……"

"爸爸!"忆华又红了脸,很快地瞟了志翔一眼。

"怎么怎么,"高祖荫说,"今天我一直说错话!好哩!来吧,来吧!我们来吃饭!"他拉着志翔的胳膊,又站住了。仔细地看了他一眼,他抬眼转向志远。"他长得很像你!志远。"他的眼神里充满了某种感动的情绪。

"像八年前的我,是吗?"志远问,声音里忽然有了一抹酸涩的味道。"志远!"忆华喊了一声,声音轻柔婉转,令人心动。她的眼光直视着志远,欲言又止地咬了咬嘴唇,终于说:"你安心要等菜凉了再吃,是吗?"

"进来进来,到我们的小餐厅里来!"高祖荫很快地嚷着,"志翔,我们的房子虽然又破又小,我们欢迎你的诚意可又真又多!瞧!咱们丫头做了多少菜!"

穿过那间又是店面,又是工作间的外屋,他们来到了一间小小的餐厅里,由于四面都没有窗,虽是大白天,餐厅里仍然亮着灯。餐厅中间,一张长方形的餐桌上,铺着粉红格子的桌布,四份餐具前面,也放着同色的餐巾。确实,有一桌子的菜,鸡鸭鱼肉几乎都全了,正热腾腾地冒着热气。在那些菜的中间,还放着一瓶未开盖的红葡萄酒。

"嗨!怎么?丫头!"老人怪叫着,"你越来越小气了,舍不得拿好酒啊?咱们那瓶拿破仑呢?"

"爸,"忆华对父亲轻轻地摇摇头,"你和志远,都不应该喝烈酒。""真的!"一直没开口的志翔附议地说,"我根本不会喝酒,哥哥也不该喝酒,会影响他的嗓子。"

志远轻咳了一声,不由自主地往后退了一步,缩了缩脖子,似乎房里有冷风吹了他似的。老人和忆华都很快地抬起头，对他望了一眼。志远用舌头舔舔嘴唇，忽然觉得喉咙里又干又涩，他哑声说："才来第一天，就要管我哦！"

"你也该有个人管管了。"忆华轻声说。

"吃饭吃饭！"老人重重地拍了几下手，扬着眉毛，大声喊，"我快要饿死了！丫头，你们坐啊！"

大家坐下了，志翔抬起头，正好看见志远对忆华使了个眼色，忆华怔怔地坐在那儿，眼睛怔怔地瞅着志远，目光里仿佛有千言万语似的。他们间有什么事吗？志翔也怔了。而老人呢？他浑然未觉，笑呵呵地握着酒瓶，"啵"的一声，酒瓶开了盖，也不知道那是种什么酒，像香槟似的有股泡沫迅速地往上冲，老人慌忙用酒杯接住。

酒倒进了杯子，红色的，像血。

第四章

维纳斯广场、埃曼纽纪念馆、罗马之神的雕像、罗马废墟、古竞技场、康斯坦丁拱门、翠菲喷泉……小破车载着三个人，驰过一个又一个历史的遗迹，恺撒大帝和尼禄王、米开朗琪罗和贝尼尼……无论是英雄与暴君，无论是艺术家与雕刻家，都已经随时间而俱逝，留下的，只是无数的石柱、雕像、废墟，和凭吊者的惊叹！

惊叹！真的，志翔是疯狂地迷醉在这一片古迹里了。罗马，谁说它是一座城？它本身就是一件神奇的艺术品！志远驾着车，在每一个地方做片刻的停驻，那车子每次发动都要闹闹脾气，发抖、喘息、叹气地来上一大串，才心不甘、情不愿地往前冲去。"今天，你只能走马看花，大致逛逛就可以了。"志远对志翔说，"以后，你有的是时间，像你这种学艺术的人，每件街边的雕像，都值得你去研究上三天三夜！"

"别忘了去梵蒂冈，"忆华静静地说，"那儿有著名的米开朗琪罗的壁画,亚当头像,是世界闻名的。"

志翔惊奇地看了忆华一眼。

"你也学艺术吗?"他问。

忆华的脸红得像酒。"你笑我呢!我什么都没学!我太平凡,学什么都没资格!"

"她读完中学就没念了,"志远接了口,"别听她什么有资格没资格,她是世界上最好的女孩,只是……"志远轻叹了一声,"高需要她,而且,无论学什么,学费都很可观……"

"别帮我掩饰了!"忆华笑吟吟地、坦白地说,"是我胸无大志,我不是什么天才,我只是个平平凡凡的女孩子,犯不着让爸爸做牛做马地来栽培我。如果我真有才气,爸爸是死也不肯让我辍学的!爸爸和我都有个相同的长处:我们都有自知之明。"她望望志远,眼里有着感激的光芒,"别把我说得太好,志远,你知道我多么平凡!"

"肯承认自己平凡的人就不平凡!"志远加重语气说,好像在和谁生气似的,"反正,在我心目中,你永远是个最完美的女孩子!"忆华那红得像酒似的面庞蓦然变白了,她像被针刺般震动了一下,眼光紧紧地盯在志远脸上。志远似乎也吃了一惊,好像被自己的语气吓住了。下意识地,他加足了油门,车子飞快地向前驰去,他扬了扬头,看着车窗外面,说:

"志翔,快看!左边就是布什丝公园,里面有个小博物馆,知道拿破仑妹妹的裸体雕像吗?就陈列在这里面。今天太晚了,不能带你参观了,改天,你可以让忆华陪你来看,雇一辆马车,在这公园里慢慢地兜它一圈,是人间最大的乐事！是不是，忆华？"忆华把眼光投向窗外，眼睛迷迷蒙蒙的，湿漉漉的。

"是的，"她静静地说，"我还记得我小时候，你常常带我来兜风！""那时候你还叫我陈哥哥呢！"志远对忆华做了个鬼脸，"越大越没样子，现在干脆叫名字了！"

忆华勉强地笑了笑，望着车窗外面，没再说话。

志翔狐疑地看看他们，一时间，觉得他们之间的关系很微妙，似乎不像他最初想得那么单纯。可是，这毕竟是哥哥的事，他是无权过问的。而且，他的心思正漂浮在别的地方。

"哥，你演唱的地方叫国家歌剧院吗？今天我们有没有经过那地方？""唔——经过了。国家歌剧院就在火车站旁边。"

"为什么不让我看看？"

志远的眉毛拧了起来。

"别谈那歌剧院好不好？"他沉重地说，"罗马有几千几万个地方，都比歌剧院值得一看！"

忆华的眼光从窗外调回来了，悄悄地望着志远。

"志远，天快黑了，我们回家吧！"她说。

"哥，你今天不表演了吗？"

"为了你，请了一天假，明天就要上班。我明天先陪你去注册，我下午还有个兼差，晚上工作的时间，是八点到一点。"

"白天还有兼差！什么兼差？"志翔吓了一跳，"你晚上表演，白天做事，受得了吗？"

"下午的工作很轻松，不过是——是——"志远含糊了一下，"在家私立中学教音乐。"

志翔有些狐疑,教音乐,教音乐需要整个下午吗?

"哥,歌剧是怎么回事?你每场都有戏吗?""哈!"志远笑得古怪,耸了耸肩,轻松地说,"你哥哥是个天才,每场戏都少不了他!"

一阵疯狂的喇叭声,志远超过了一辆大卡车,迎面一辆漂亮的敞篷车,硬被志远的小破车给逼到马路边缘上去了。那车上的几个青年男女,发疯般地挥拳大骂,志远理也没理,车子"呼"的一声,就掠过了他们,冲往前面去了。忆华长长地抽了口冷气:"志远,你玩命呢!""玩命?"志远扬了扬眉,"也不是从今天开始的!我就爱开快车,怎样?""你玩命没关系,"忆华低声说,"车上可还有你弟弟!"

志远嘴角的肌肉一阵痉挛,车子的速度减慢了。晚上,回到了"家"里,兄弟两个都很疲倦了。晚餐是和忆华一起,在一家小咖啡馆吃的,志翔初次领教了意大利通心粉的滋味。饭后,先送忆华回了家,他们才回来。志远推开卧室的门,有些抱歉似的对志翔说:"这见鬼的小公寓只有一间卧室,所以,你没办法有单独的房间,咱们哥儿俩,只好挤在一间里!"

"哥,我宁愿和你住一间!"志翔说,走了进去。卧室很小,放着两张单人床,上面整齐地铺着雪白的被单、毛毯和干净的枕头套。床和床中间有一张小书桌,桌上,有台灯、书籍和一个镜框,镜框里是张照片。志翔本能地走过去,拿起那镜框,他以为,里面可能是忆华的照片,可是,出乎意料的,竟是志远和他的一张合照!在台北的院子里照的,站在一棵杜鹃花树前面,志远大约是十八九岁,自己呢?才只有十一二岁,吊儿郎当的,半倚靠在志远身上,志远挺神勇的样子,一脸调皮的笑,手挽着自己的肩膀。他放下照片,鼻子里有点儿酸酸的。"我都不记得,这是什么时候照的了?"他说。"我也不记得了。"志远说,又燃起了一支烟。"离开家的时候,就忘记多带一点照片,在旧书里发现夹着这一张,像发现宝贝似的……"他勉强地笑了笑,在床上坐了下来。"家就是这样一个地方,你待在里面的时候并不觉得它好,离开了就会猛想它。"志翔把镜框放好,在桌前的椅子里坐了下来。离开家并没多久,他眼前又浮起父母的面庞。

"志翔!"志远忽然亲昵地叫了一声。

"嗯?"他抬眼看着志远。

"告诉我,"志远有些兴奋地说,"你在台湾,有没有女朋友?""女朋友?"志翔摇摇头,坦白地笑了,"我明知道自己会出去,何必弄那个牵累?"

"你的意思是没有?""没有。""真的?""当然真的!"他诧异地看着志远。"干吗?"

"那么,"志远热烈地盯着他,有些急促地说,"你觉得忆华如何?""忆华?"他吓了一大跳,愕然地说,"哥,你是什么意思?""我跟你说,志翔!"志远深吸了口烟,迫切地、热心地说,"这女孩是我看着长大的,不是我胡吹,她确实是不可多得的好女孩。华侨女孩子,要不就不中不西,要不就欧化得让人反感。而忆华呢?她比台湾长大的女孩还要规矩和中国化……""哥哥!"志翔打断了他,困惑地说,"我知道她很好，可是……""别可是！"志远阻止了他下面的话，"只要你认为她很好，就行了！感情是需要慢慢建立的，你们才见面，我也不能操之过急，我只是要提醒你，错过了像忆华这样的女孩子，你在欧洲，就不可能找到比她更好的中国女孩了！"

"哥哥！"志翔啼笑皆非地说，"这是怎么回事？我以为她是你的女朋友呢！"志远一震，一大截烟灰落在桌上了，板起脸，他一本正经地说："少胡说！志翔！别糟蹋人家了！我足足比她大了十岁！我是看着她长大的……""那又怎样呢？"志翔微笑着说，"三十二岁配二十二岁正好！而且，你的年龄，也该结婚了！"

"胡闹！"志远生气地、大声地说，"志翔！不许拿忆华来开玩笑，你懂吗？人家是规规矩矩的女孩子，你懂吗？你别因为她是个老鞋匠的女儿，就轻视她……"

"哥哥！"志翔惊愕地蹙起眉头，"我并没有轻视她呀！你不要误会好不好？""那就好了！"志远熄灭了烟蒂，站起身来。望着弟弟，他又笑了，伸手握了握志翔的肩，他说："是我不好，我太心急了。慢慢来吧！我们今晚不谈这个。我去煮点咖啡，你要吗？"

"这么晚喝咖啡？你不怕睡不着？"

"已经喝惯了。"志远说，随后走开去煮咖啡。"将来有一天，你也会喝惯的！"志翔往床上一躺，用手枕着头，经过这漫长的一天，他是真的累了。闭上眼睛，他只想休息一下，可是，只一会儿，他就有些神志迷糊了。恍惚中，他觉得志远站在床边，审视着自己，然后，他的鞋子被脱掉了，然后，志远拉开毯子，轻轻地往他身上盖去……这一折腾，他又醒了，睁开眼睛来，他歉然地望着志远，微笑了一下，喃喃地叫了一声：

"哥！""睡吧！"志远说，用毯子盖好了他，看到他仍然睁着眼睛，他就欲言又止地叫了一声："志翔！"

"嗯？"他模糊地答道。"答应我一件事好不好？"志远的眼睛，在灯光下闪着光芒。"什么事？"他沉默了一下。半响，才哑声说：

"永远别到歌剧院来看我演戏！"

志翔一震，真的醒了。

"为什么？""因为——"他困难地、消沉地说，"我只是个配角的配角！""哥！"他握住志远的手，"我们是亲兄弟呀！我不在乎你是什么配角不配角……""我在乎。"志远轻轻地说。

志翔愣了片刻，然后，他了解地点点头。

"好吧！如果你坚持这样……"

"我坚持。"志翔又点了点头，灯光下，他觉得志远的眼神黯淡而落寞。没关系！他在心里自语：我会治好他的自卑感！我会恢复他的信心！志远拍了拍他的肩，感激地对他笑笑，走开了。

整夜，他听到志远在床上翻腾，整夜，他闻到香烟的气息。

第五章

就这样,志翔投身在罗马那个艺术的炼炉里去了。而且,立即,他就觉得自己被那些艺术的光芒和火花给燃烧了起来,使他周身的血液都沸腾着,使他的精神终日在狂喜和兴奋中。他迷住了艺术,迷住了雕刻,迷住了罗马。

开学之后没多久,他就发现自己进的是一家"贵族学校",罗马的国家艺术学院收费不高,可是,自己竟念了一家私立的艺术学院。同学是来自世界各地的人,尤其以瑞士人和英国人居多。东方面孔的同学,几乎找不到,开学一个月,他才发现两个东方人,却是他最无法接受的日本人。他很难在学校交到朋友,事实上,他也没有交朋友的时间和雅兴。那些日子里,他要应付语言上的困难,要习惯异国的生活,要接受教授的指导,剩下的时间,就发疯般地消磨在国家博物馆、布什丝别墅,以及圣彼得教堂中。

忙碌使他无法顾及自己的生活,也无力过问志远的生活。

志远每日要工作到凌晨一点左右才回家,那时他多半已入睡,等他起床去上课,志远还在熟睡中。他每天搭巴士去上课,中午就在学校或外面随便吃点东西,午后下课回家,志远又去工作了。他的晚餐,是志远安排好的,在高祖荫家里"包伙",他不知道志远和高家是怎么算的,但是,高氏父女,待他却真的如亲人,变着花样给他弄东西吃。他每日见到高氏父女的时间,比见到志远的时间还要多。因此,他和忆华是真的亲近而熟稔了起来。

晚餐后,他常坐在高家的餐厅中,和忆华随便谈谈。忆华总是煮一壶香喷喷的咖啡,给他一杯,自己就默默地工作着。她总有那么多事要做:收拾碗筷,打扫房间,整理父亲的工具,或在缝衣机前缝缝补补——在这"餐厅"里,事实上还有很多东西,缝衣机、切皮刀、皮革、浸绳子的水盆和种种高祖荫需要的用具。忆华总是不停地工作着,家事做完了,就帮父亲把皮绳浸入盆子里,或清理皮革,或整理订单,或盘算账目……而且,志翔发现,连自己兄弟俩的衣服、被单、枕头套,都是忆华在洗洗烫烫,甚至,连自己的房间,都是忆华每日去收拾整理的。"忆华,你什么时候认识我哥哥的?"一天晚上,他问。

忆华悄然地从她的工作中抬起头来,她正补缀着一条裙子的花边。她无论多忙,给人的感觉都是那样从从容容、安安详详的。"那年我十四岁,他第一次走进我们店里,手上拎着一双鞋底破了洞的鞋子。"忆华回忆地说,面容平静,眼光迷蒙,"他靠在柜台上,咧着张嘴,对我嘻嘻直笑,问我是不是中国人？当我用中文告诉他我是，他大叫了一声，跳得有三丈高，他把我一把抱起来……"她羞涩地垂下眼睑，"那时我很瘦很小，虽然已经十四岁，还像个小孩子。"定了定，她继续说，"后来他和爸爸谈了起来，爸爸问他，怎么把鞋子走得破了洞？他回答说：'你怎么可能在罗马，不把鞋子走得破了洞？'"她轻轻地叹息了一声，"那时，他和你现在一样，对罗马发了疯、发了狂，而且，他快乐、骄傲、充满了自信。"

志翔动容地望着忆华，他很少听到忆华讲这么多话，一向，她都是沉默而内向的。

"那是八年前了？""是的，那时，志远才到罗马三个月，只会说最简单的意大利文，他告诉我，他学会的第一句意大利文是'妈妈米亚'，第二句是……"她红了脸，微笑地低语，"是一句粗话！那次，他和爸爸谈了好多好多，那时他住得离这儿比较远，后来，他搬了好几次家，越搬越近，我们两家，一直是好朋友、好邻居……"她垂下头，又继续缝缀，"在罗马，很难交到中国朋友。"志翔凝视着她，啜了一口咖啡，他深思了好一会儿。

"忆华，"他终于说，"哥哥一直不许我去歌剧院，你能不能告诉我，他到底演的是什么角色？我来了一个多月了，从来没有听到他练嗓子！我记得，在他留学以前，每天都要练的，当然，也可能是我上课去之后，他才练唱！"

忆华的头仍然低俯着，她没说话，也没抬头，手指的动作略略停顿了一下，就更快地缝纫了起来。

高祖荫走了进来，围着皮裙子，他取了一束皮线，一面

往外屋走,一面对志翔说:

"你对歌剧院了解太少,罗马有两家歌剧院,一家是罗马歌剧院,一家是露天歌剧院,叫卡拉卡拉。歌剧也有季节,并不是每晚都有的。我们东方人,能在歌剧院里的大头戏中唱和声,就已经很了不起了!"他转身走出去了,接着,是那绳子从皮革上拉过去的声音。

志翔有些迷糊了,两家歌剧院,那么,志远到底在哪一家?他的脑子越来越混乱。

忆华站起身来,给志翔重新倒了一杯咖啡。她的眼光默默地、祈求似的看着他:"帮个忙好吗?"她低语。

"什么事?""别把我们今晚的谈话告诉他!别去问他!什么都不要问他!"他注视着忆华,第一次发现忆华的眼珠又黑又深又楚楚动人。"告诉我,他到底在哪家歌剧院工作?"

"卡拉卡拉的季节是七月到九月,秋天以后,就在罗马歌剧院。"忆华轻声说,"可是,别去找他!千万别去,你会伤他的自尊。"这晚,他失眠了。躺在床上,他望着天花板,呆呆地发着愣,怎样也无法入睡,直到志远回来。

走进卧室,志远有些诧异地看着他。

"怎么?还没睡吗?""睡不着。"他闷闷地说。

"想家?"志远脱去外套,罗马的秋季,已经颇有凉意了,尤其深夜,气温是相当低的,"是不是爸爸妈妈有信来?"

"今天没有。"他望着志远,他的衬衫上有泥土的痕迹,他的面颊上也有,他在扮演什么角色?唱和声?他盯着志远的额头。那儿,已经有皱纹了。唱和声?甚至不是配角,不是配角的配角，不是跑龙套，只是一群和声中的一个？那么，他脸上的倦容就是属于精神上的了？八年！八年苦学，只落了一个"和声"？"怎么了？"志远拖了一把椅子，坐到床边来，仔细地审视他。"你看来有心事！"他忽然眉毛一扬，眼睛就发亮了，"让我猜一猜！当一个男人失眠的时候，只能为了一件事……"他燃起一支烟，微笑地盯着他："是忆华吗？这些日子来，你们总该有点进展了吧？"

"忆华？"他怔了怔，"忆华是个好女孩。"他喃喃地说。

"我早告诉你了的！"志远兴奋地捶了一下床垫，"你老哥不会骗你！你老哥的眼光比谁都准！你老哥帮你物色的女孩子准没错！"他喷出一口烟，眯起眼睛，对他打量着，企盼地、热烈地问："快告诉我，你们进展到什么程度了？"

"什么程度？"他心不在焉地说，"没有什么程度。"

"怎么讲？"志远蹙了蹙眉，"我告诉你，志翔，对忆华那种女孩子，你得有点耐心，她是很稳重、很内向的典型，不像意大利女孩，第一天见面，第二天就可以热情如火。所以，你要忍耐，带她出去玩玩，罗马是世界上谈恋爱最好的地方……真的，你每晚是不是都带她出去？"

"从来没有！""从来没有？"志远惊讶地叫，"你真是个驴蛋！罗马的落日，马车，黄昏，月夜……你完全没有利用吗？你每晚在她家做什么？""谈天。""谈什么？"志翔注视着志远。"谈你！"他冲口而出。

志远一怔，愣愣地望着志翔。志翔对他慢慢地摇摇头。

"哥哥，你白费力气！坦白说，我从没有追求忆华的企图！否则，我不会辜负罗马的落日和黄昏！"

"志翔，你别傻！""我不傻，"志翔翻了一个身，面朝着墙壁，静静地说，"如果我们兄弟当中有傻瓜，绝不是我！"

这一下，轮到志远失眠了。

第二天晚上，志翔回到家里，他发现志远在卧室的书桌上给他留了一张纸条，上面写着：

"志翔：别辜负大好时光，罗马的秋夜别有情趣，帮帮忙，邀她出去坐坐马车，或到路边咖啡馆小憩。桌上有五千里拉，拿去零用。"他望着桌上的五千里拉，望着那张条子。看来，志远以为他不邀忆华出去，是因为缺乏钱。钱！是的，他的钱不多，可是，也从没有缺过钱用，每次，时间差不多的时候，志远总会留些钱在他口袋中！钱！一个唱和声的人到底能赚多少钱？他每天午后，又到底在做些什么工作？他呆呆地坐着，沉思着。桌上的钟指到了十点，晚上十点！歌剧院应该很热闹吧？罗马歌剧院总是人潮汹涌的，票价也贵得惊人！他忽然觉得一阵冲动，抓起桌上的五千里拉，他冲出了屋子，跑到大街上去了。

叫了一辆街车，他直奔罗马歌剧院。

卖票口已经关闭了，门口的警卫叫他明天再来。明天？明天他或者已经没有勇气来这儿了。他在歌剧院门口徘徊又徘徊。秋天的夜，凉意深深，一弯上弦月，高高地挂在天上，不远处有个广场，维克多王的铜像，伫立在昏暗的夜色里。

他的腿已踱得又酸又麻，寒风吹在身上，凉气袭人。他绕到了歌剧院后面，无意中，发现那儿是后台的入口。

"我可以进去找一位演员吗?"他问。

居然,他被允许进去了。

第一次走进歌剧院,后台比他想象中零乱得多,许多人奔来跑去,许多工人在搬动布景,许多演员在等待出场。他从绒幔后面往前看去,那些攒动的人头,那些包厢,那些打扮入时的观众。台上,一位女高音正在充满感情地唱一支他不懂的歌曲,他牵开帘幔一角,看到台上的演员,确实,这是个大型歌剧,人数众多,但在那些戏装和油彩下,他实在无法分辨志远在哪个角落!戏装?油彩?他脑中有些零乱!他从没看过志远脸上有油彩,他卸装一定很仔细。放下帘幔,他站直身子,开始呆呆地出起神来。

忽然间,他看到志远了!

是的,那是志远,不在前台,不在台上,却在后台!他正面对着他走过来,背上,扛着一块大大的布景石柱,正预备走到堆布景的道具屋里去。当兄弟二人面对面的一刹那,两人都如此震动,那石柱差点从志远肩上滑下来,他迅速地用两手扶牢了它,他的手指紧扣在那石柱上。虽然那石柱是假的,显然也相当沉重,他的腰被那重负压得弯弯的!他站定了,面色苍白,呼吸急促,怔怔地望着志翔。

这就是谜底!不是大演员,不是配角,不是配角的配角,不是龙套,不是和声……什么都不是!他是歌剧院的一名工人,一名扛布景、打杂、背东西的工人!这就是谜底,这就是一切!这就是他不允许志翔来歌剧院的原因!

志翔觉得一股热血从胸口往脑中冲去,顿时间,他觉得无法停留在这儿，无法面对志远，更无法去聆听那场中正好爆发的一阵如雷的掌声……他喉中发出一声痛楚的悲鸣，就迅速地掉转身子，往歌剧院外面狂奔而去。

志远放下了手中的石柱，叫了一声：

"志翔！"志翔冲到大街上了，冷风迎面吹来，吹醒了他若干神志，他把双手插在外套口袋中，往前面漫无目的地走去。然后，他听到身后有追过来的脚步声，志远气喘吁吁地追上了他。

"志翔！"他喊，走到他身边，"对不起，我不该瞒你，事实上，你来的第一天，我就想说，可是，我说不出口！"他大大地喘了口气，声音在夜风中显得虚弱而无力。"我骗了你，骗了爸爸妈妈，我从没拿到文凭，我根本没读到毕业……我只是个工人！下午，在营造厂做杂工，晚上在歌剧院！这就是我的真面目！你知道在国外，生活不那么容易……"他越说声音越低，终于咽住了。营造厂做杂工！歌剧院抬布景！天哪！志翔咬紧了牙关，无法说话，志远伸手拉住了他，把他的脸转向自己。街灯下，志远看到两行眼泪，正沿着志翔的面颊滚落下来。

"志翔，"他沙哑地说，"当工人并不像你想象的那么可耻……""不！不是！"志翔终于大声地嚷了出来，感到有股热浪，正撕裂般从他胸腔中往外迸裂。"不是可耻！不是！我在想的，是你陆续寄回家的那些钱，是我的旅费，我那该死的贵族学校，和你留在桌上的那五千里拉！"

志远望着他，苍白的面颊上顿时恢复了红润，他的眼睛在街灯下闪亮。"我负担得起,志翔,你放心,我负担得起!你只要好好念书,别的都不要你管!你老哥身体还很结实,你瞧,我的肌肉多有力!"志翔觉得自己快要崩溃了,他伸手扶住身边的一样建筑物,那建筑物冰冰冷冷的,他下意识地仰头往上看,才发现他们已不知不觉走到无名英雄墓的前面,他正扶在一个不知名的雕像上,那雕像是大理石塑造的,白色的头颅庄严地、肃穆地伸向那黑暗的天空,在月光下显出一种幽冷的、悲壮的、凄凉的美丽。他把头靠在那冷冷的塑像上。志远伸手按住他的肩,故作欢快地说:"与其当一个配角的配角,还不如当一个工人好,你说呢?"夜风从空旷的维纳斯广场上吹来,凉飕飕的。

第六章

志翔仰躺在床上,眼睛大大地睁着,直勾勾地瞪视着天花板。天花板上有块水渍,像是一个侧面的狮身人面像,他已经盯住这水渍,足足看了三小时。

志远坐在床沿上,猛抽着香烟,满屋子都是烟雾腾腾,书桌上有个烟灰缸,已经被烟蒂堆满了。兄弟两个,就这样一个坐着,一个躺着,各想各的心事。

"志翔,"终于,志远打破了沉寂,喉咙沙哑,情绪激动地说,"你能不能洒脱一点?男子汉大丈夫,能屈能伸!我并不以当工人为悲哀,你干吗这样世界末日来临了一样?你给我振作一点,高兴起来,行吗?你再这样阴阳怪气,我要冒火了,我告诉你!我真的要冒火了!"

志翔从床上一骨碌坐了起来,紧紧地盯着志远。

"我想通了,哥哥!""想通什么了?""我明天就去退学,也找一个工作做,我们两个合力赚钱,寄回家先把债务还清,然后我做工,你继续去修你的声乐,因为我还年轻,有的是时间……"

"胡闹!"志远的脸涨红了,愤愤然地拍了一下桌子,他真的生气了,他的眼睛燃烧着怒火,眼白发红。"不要再提我的声乐!我如果修得出来,我早就成了声乐家了!我告诉你,志翔,你一定要逼我说出来,我已经完了,不再是八年前那个充满豪情壮志的天才了!我早已一无所有,早已是一块废料!在你来以前,我根本不知道我的生命还有什么意义?自从你来了,年轻,优秀,满怀壮志……我好像看到了八年前的我,我才又活过来了!从小,大家说你是我的影子,你既然是我的影子,我所不能做到的,你该帮我做到;我所失败的,你该去成功;我所半途而废的,你该去完成!只要我能培养你成功,我也不算白活了,我的生命也就有价值了!你懂吗?你了解吗?"志翔愕然地、困惑地看着志远。

"我不懂,我不了解!"他大声说,"你为什么要放弃你自己的希望?你为什么要把你的希望挪到我的身上来?你根本不通!""看看我!"志远叫,一把抓住志翔的胳膊,"我已经三十二了!没有从三十二岁开始的声乐家!你还年轻,你的画已经为艺术学院所接受,你会成为一个大艺术家!你如果现在去打工,就会变得和我一样……"

"我不管!"志翔拼命地摇头,"我不能用你做工赚来的钱,去读那样昂贵的艺术学院!我宁愿一事无成,也不去念那个鬼书!随你怎么说,我明天就退学……"

志远用力提起了志翔,死盯着他的眼睛,从齿缝里说:

"你讲不讲理?""我当然讲理!就因为讲理,才不能继续念书!""你要让爸爸妈妈含恨终身吗?"志远的声音,低沉而有力,他的眼睛灼灼然地对着他。"我已经毁了,你也要毁掉吗?志翔,"他深吸了一口气,"用用你的理智,用用你的思想,让爸爸妈妈的两个天才儿子,总有一个能学有所成吧!他们有一个儿子在国外当工人,已经够了,难道两个都去当工人吗?"

志远的语气,那么沉痛,那么恳挚,这使志翔完全折倒了。他无言地望着哥哥,痛楚地紧锁了眉头。志远慢慢地放开了他,慢慢地站起身来,在室内踱着步子,走了一圈,又走了一圈。志翔用手支着额头,脑子里是一团乱麻,心里是又酸又痛又苦涩。半响,他才悲切地说了一句:

"你做工,我读书,你教我怎么念得下去?"

志远停在他的面前。"你念得下去!你一定念得下去!"他热切地说,"如果你对我这个哥哥,还像当初一样尊敬和崇拜,如果你不因为我是个工人就轻视了我,那么,你就为我念下去!为我争一口气!志翔,算是你为我做的!"

志翔抬起眼睛,凝视着志远。

"哥哥,这是你的期望吗?"

"我全部的期望!我最大的期望!"他几乎是痛心地喊着。

志翔低下了头,默然不语,片刻,他终于抬起头来,深思地看着志远,好一会儿,他才肯定地、下决心地说:

"好吧!我依你!我念下去!但是,我要转到国家艺术学院去,那儿的学费便宜。我还要利用课余时间,找一个兼差！"

"你可以转到国立艺术学院去，"志远说，"但是，那儿是要考试的，不一定把你安排到几年级，而现在的教授，都欣赏你。这学校又是学分制，你可以提早修完学分，提早毕业。我劝你不要转学，不要因小而失大！至于兼差吗？你就免谈了吧！与其兼差，不如拿那个时间去用功！"

"哥哥！"志翔咬住牙，不知再说什么好。他沉默了。

志远重重地在志翔肩上拍了一下，他的眼眶潮湿，嘴角却涌上一个欣慰的笑容。"你答应了，是不是？你不再三心二意了，是不是？到底是我的弟弟！"他说，"我知道你不会辜负我，我知道！你像我，你和我一样倔强，一样好胜！"

辩论结束，志翔又无可奈何地躺回床上，继续盯着天花板上的水渍。激动的情绪已经过去，取而代之的，就是一种深切的悲哀与沉痛。志远也躺上了床，和弟弟一样，他也仰望着天花板上的那块水渍。很长一段时间，室内是静悄悄的，然后，志翔低声地、平静地问：

"高伯伯和忆华，都帮着你在瞒我，是吗？"

"是我要他们瞒你的。"

志翔轻叹了一声。"我像一个傻瓜！一个白痴！"

志远伸手关了灯。"不要再抱怨，志翔。命运待我们仍然不薄，它给了我一个你，给了你一个我，给了妈妈爸爸我们两个，命运仍然待我们不薄，志翔，别再埋怨了。睡吧，想办法睡一下，一早你还有课！"志翔的眼睛望着窗子，黎明早已染白了玻璃。他躺着，全心在体味着志远这几句话；命运待我们仍然不薄？因为我们有着彼此，而爸妈有着我们两个？越想就觉得越怆恻，越想就觉得自己的肩上，背负着好重好重的担子！他眼前浮起志远扛着石柱的样子，隐约中，觉得那石柱也压在自己肩上；罗马的石柱！凯斯多庙殿的石柱！撒脱诺庙的石柱！也是自己家园的石柱！哥哥的石柱！"我要扛起来，"他喃喃自语，"我要把它扛起来！不管是我的，还是哥哥的！"

这天晚上，他照常在高家吃晚餐，显然，高氏父女已经知道他所发现的事情，由于他的沉默，高氏父女也很沉默。饭后，忆华照例递给他一杯热咖啡，就在灯下架起熨衣服的架子，开始熨衣服，志翔注意到，那全是他们兄弟两个的衣服。

高祖荫往日总是在外屋工作，今晚，他却把工作箱放在室内，架起了灯，戴着老花眼镜，他在灯下缝制着皮鞋，那皮线从打好的孔中穿上穿下，他用力地拉紧线头，线穿过皮革，发出单调的响声。

"高伯伯，"他握着咖啡杯，沉吟地开了口。虽然大家都叫老人荷塞或是"高"，他却依然按中国习惯称他为高伯伯，"以后每天晚上，我来跟你学做皮鞋，好吗？"

老人透过老花眼镜，看了他一眼。

"志远像是我的儿子，"他答非所问地说，"这许多年来，我看着他奋斗，挣扎，跌倒。我想帮他，可是不知道如何帮起。在你来以前，有好长一段日子，志远不会笑，也没有生趣。然后，有一天，他兴高采烈地来找我们，又笑又跳地说，你要来了。这以后,他就是谈你,从早到晚地谈你,你寄来的每张画,他送到各学校去,找教授,申请入学许可。最后,帮你选了这家艺术学院,学费很贵,但是教授最欣赏你。等你来了,他和以前就完全变了一个人了,他重新有了生活的目的,有了信心,有了期望……"老人把一根线头用力拉紧,"他把所有的希望都放在你身上,要培养你成为一个艺术家,并不是要你成为一个鞋匠。"

志翔震动了一下,呆呆地望着老人。那白发萧萧的头,那被皮革染了色的手指,那熟练的动作。一个老鞋匠!那镜片后的眼睛里,有多少智慧,看过多少人生!

"高伯伯,"他慢吞吞地说,"你认识哥哥已经很久了,能不能告诉我,为什么他连学校都没读完?八年前,他离开台湾的时候,是公认的天才!"

老人低俯着头,一面工作,一面平平静静地,声音不高不低地,像在诉说一个古老的故事一般,慢慢地说:

"八年前,他确实是个天才!在音乐学院专攻声乐,在学校里,他就演过歌剧,当过主角。可是,听说你们家是借债送他留学的,他在上课之余,还要拼命工作,来寄钱给家里。事实上,留学生在国外都很苦,应付功课已经需要全力,一分心工作,就会失掉奖学金,要谋自己的学费,要寄钱回家,他工作得像一头牛。那时候,他身强体健,又要强好胜,每到假期,他常去做别人不肯做的工作,越是苦,赚钱越多。这样,在五年前,他几乎要毕业了,那年冬季,他志愿去山上工作。那年的雪特别大,他们在山上筑路,冒雪进行，山崩了，他被埋在雪里，挖出来的时候，他几乎半死，然后，他害上严重的肺炎和气管炎，休学了，在医院里躺了两个月！"志翔惊愕得睁大了眼睛。"我们一点也不知道！"

老人抬眼看看他，又继续埋头工作。

"留学生的习惯，报喜不报忧，他不肯告诉家里，也不肯找别人帮忙，那时候，只有我和忆华在照顾他。他身体还算结实，复原得很快，他的身体是好了，但是，他的嗓子完全坏了。"老人放下了针线，慢慢地抬起头来，望着志翔，"你听说过，嗓子坏了的人，还能学声乐吗？别说歌剧，他连一支普通的儿歌都唱不成！"

志翔咬咬牙，眩晕地把头转开，正好看到忆华在默默地熨着衣服，这时，有两滴水珠，悄然地从忆华眼里，坠落到那衣服上去，忆华迅速地用熨斗熨过去，只发出了一些轻微的"嗤"声，就不落痕迹地收拾掉了那两滴水珠。

"所以，志翔，"老人把皮革收好，站起身来，"你不用胡思乱想，不用找工作，也不用对志远抱歉，你所能做的，是去把书念好，去把画画好，等你有所成就的时候，志远也就得救了。"他走过来，把手温和地放在志翔手上，低低地再说了句："帮助他！志翔！他是个最好的孩子！而你所能帮助他的，就是努力读书，不是找工作！"

志翔和老人默然相对，耳边，只有忆华熨衣服的"嗤嗤"声响。

第七章

　　接下来的生活,是忙碌和奋斗堆积起来的。对志远来说,是发疯般的工作,加班再加班,在营造厂中,他从挑土到搬砖,从开卡车到扛石块,只要他能做的,他全做!歌剧院从十一月到三月,是一连串大型剧的演出,也是歌剧的旺季,他更忙了。忙于搭景,忙于整理剧院,忙于挂招牌……他永不休假,永不喘息,工作得像一头架着轭的牛。

　　对志翔来说,是疯狂地吞咽着知识,疯狂地学习,疯狂地绘画……当冬季的第一道寒流来临的时候,志翔已迷惑于雕塑,只有在欧洲,你才知道什么叫"雕塑"!他学习雕塑,观摩别人的作品,每个周末和星期天,他背着画架,到一个又一个郊外别墅,去绘下每个雕塑的特点,人像、神像、战士、马匹……绘满了几百几千张纸。家里,也开始堆满了塑像的原料,和他那些未完成的雕塑品。

　　志远深夜做完工回家,常看到客厅里堆满了各式各样的速写，和一个个雕塑的粗坯，而志翔则倦极地仰躺在地板上睡着了，手里还紧握着雕刻刀或是炭笔。每当这种时候，志远会站在那儿，对志翔怜惜地看上好几分钟，才轻轻地摇醒他，唤他去床上睡觉。

而志翔呢，每天清晨醒来，就会面对着哥哥那张熟睡的、憔悴的、消瘦的脸庞看上好久好久，然后悄悄地披衣下床，去烧上一壶咖啡，让它保温在那儿，再把面包放进烤面包器里，煮好两个连壳蛋，削好一盘苹果，都放在餐桌上，另外再留下一张纸条："哥哥，别忘了吃早餐！"

"哥哥，别工作得太苦！"

志翔下课回家，也常看到志远留下的纸条：

"明天周末，何不带忆华出去写生？"

"夜凉如水，可在忆华家烤烤火。"

"书呆子，用功之余，别忘了终身大事！"

忆华！志远总是念念不忘地撮合他和忆华，他却很难去告诉哥哥，他与忆华虽然越来越亲密，却绝没有志远所希望的那种感情。很奇怪，忆华细致而温存，安详而恬静，虽称不上天仙美女，也是楚楚动人的。但是，她就是无法燃起志翔心里的火苗。他也曾对志远坦白地谈过：

"哥哥，忆华是我的知己，我的朋友，我的妹妹，就是不能成为我的情侣！你别热心过度，好不好？何况我现在全心扑在学业上，根本也没情绪去交女朋友！"

"慢慢来吧！"志远却充满了信心，他又亲昵地去揉志翔的头发了，"你全心扑在学业上倒是真的，但是，不管你有情绪交女朋友,还是没情绪交女朋友,当爱情真正来临的那一天,你会挡也挡不掉的!"

是吗?爱情会真的突然来临吗?爱情会从天而降吗?爱情是挡也挡不掉的吗?无论如何,这一天,在志翔的生命史上,却是个神奇的日子!这是个星期天,已经十二月了,天气很冷,阳光却很好。一早,志翔就到了布什丝别墅——也就是布什丝博物馆,这别墅位于布什丝公园里,因为有拿破仑妹妹布什丝裸像而闻名。志翔却不是为了这裸像而来,他是为了贝尼尼的另一件作品:《掳拐》。《掳拐》也是一件世界闻名的艺术品,全部用大理石雕塑而成。塑像本身是塑着一个强而有力的男人,肩上扛着一个惊恐万状的少女。关于《掳拐》,原有一个神话故事,可是,志翔对这神话故事并没有兴趣,他所惊愕眩惑的,只是那男人所表现的"力",和那少女所表现的"柔"。把"力"与"柔"混合在一起,竟能产生如此惊人的美!他研究这雕塑品已经不止一朝一夕,每次看到它,就不能抑制胸中所沸腾的创作欲,和那份崇拜景仰之心。

这天,他就站在《掳拐》前面,拿着自己的速写册子,细心绘下那男人的手,那只手紧掐着少女的大腿,手指有力地陷在那"柔软"的肌肉里。"柔软"!你怎么能想象得到,以大理石的硬度,却能给你一份完全柔软的感觉!

十二月不是游览季节,布什丝别墅中游客稀少。志翔专心在自己的工作里,对于别的游客也漠不关心。可是,忽然间,他耳中传进了一声清脆的、像银铃般悦耳的、女性的声

音,用标准的"汉语"在喊着:

"爸爸!妈!快来看这个!一个大力士抱着个好美好美的女孩子!"在异国听到中国话,已经使志翔精神一振,何况这声音如此清脆动人!他本能地抬起头来,顿时,他觉得眼前一亮,那《掳拐》旁边,已经多出了另一件活生生的艺术品!一对灵活的、黑亮的眸子,正从《掳拐》上移到他的脸上来,好奇地、大胆地、肆无忌惮地望着他。

这是一个少女,一个中国少女,很年轻,不会超过二十岁!穿着件白色狐皮短外衣,戴着顶白色狐皮小帽子,白色外套敞着扣子,里面是一色的橘红色洋装,橘红色的毛衣,橘红色的呢裙,橘红色的靴子,脖子上还系着一条橘红与白色参织的毛线长围巾。志翔对于"颜色"原就相当"敏感",这身打扮已带给他一份好"鲜明"的感觉。再望着那年轻的脸庞,圆圆的脸,秀眉朗目,挺直的小鼻梁,下面是张小小的嘴。东方女孩,脸上一向缺乏"棱角",却比西方女孩"柔美"。他以一个雕塑家的心情,在"打量"这女孩的面颊轮廓,和那称得上"明媚"的眸子。而那女孩,原是挺大方的,却在他"锐利"的注视下瑟缩了。她把头一扬,小帽子歪到一边,露出剪得短短的头发,她的身子侧开了。转向在一边看另一件雕刻品的中年夫妇——显然也是纯粹的中国人!"爸爸!妈!"那少女带着股调皮的神情,眼角仍然斜睨着他:"这儿有一个'书呆子'一直对我瞪眼睛,八成是个日本人!我不喜欢小日本,咱们走吧!"

书呆子?小日本?前者说得很可笑,后者未免太可气!

志翔下巴一挺，冲口而出就是一句：

"小日本？我看你才是个小日本哩！"

那少女本来已经跑开了，听到这句话，她站定了，回过头来，她扬着眉毛瞪着他，气呼呼地说：

"你怎么可以骂我是小日本？我最恨小日本，你这是侮辱我！""那么，你说我是小日本，就不是侮辱了？"他顶了回去，也瞪着她。她睁大眼睛，嘴唇微张着，想说什么，却没说出来，接着，脸上绷紧的肌肉一松，她就天真地笑了起来。她这一笑，他也跟着笑了。"中国人吗？"她问。"当然哩！"他答。"你叫什么名字？"她问。

"陈志翔！""志气的志，吉祥如意的祥吗？"她摇摇头，颇不欣赏地，"俗里俗气！""你叫什么名字？"他不分辩，只是反问了一句。

"朱多丽！""很多美丽吗？还是英文的Dolly？"他也摇摇头，学她的样子，颇不欣赏地，"很多美丽是土里土气，英文名字就是洋里洋气！"她愤愤然地跺了一下脚。

"别胡扯！我的名字是朱丹荔，当红颜色讲的丹，荔枝的荔！""好名字！"他赞美道，"我的名字是志气的志，飞翔的翔！"

"这也不错！"她点点头，"你是留学生？从台湾来的？还是香港？""台湾。你呢？""瑞士。""瑞士？""我家住在瑞士，我爸是从香港移民到瑞士的。所以我有双重国籍，我们是来罗马度假的，这是我第一次来罗马！"

"丹荔！"那个中年绅士在叫了，"咱们走哩！看来看去都是石头雕像,实在没意思。"

朱丹荔对志翔悄悄地做了个鬼脸,压低声音说:

"他们没兴趣的东西,偏偏是我最有兴趣的东西!跟爸爸妈妈出来旅行,是天底下最扫兴的事情!树有什么好看?花有什么好看?博物馆有什么好看?雕像有什么好看?壁画有什么好看?最后,就坐在暖气十足的大餐馆里吃牛排!"

听她说得坦白而有趣,志翔就忍不住笑了起来。悄眼看了看那对父母,他低声问:"你喜欢雕像?喷泉?怕不怕冷?"

"笑话!怕冷?""要不要我当你的向导?我对罗马每一寸的土地都好熟悉!""丹荔!"那个父亲又在叫了,"你在干什么?咱们走哩!"

朱丹荔犹豫了两秒钟,就很快地对志翔说:

"你等在这儿,别走开,我去办办交涉!"她跑到父母面前去了。志翔站在那儿,遥望着他们,丹荔指手画脚地,不知在对父母说些什么,那对父母缓缓地摇摇头。丹荔抓住了父亲的胳膊,一阵乱摇,又跺脚又甩头地闹了半天,那父母往志翔这边看看,终于无可奈何似的点头了。丹荔喜悦地笑着,一面往志翔这边跑,一面对父母挥手:

"拜拜,妈,我吃晚饭时一定会回酒店!"

那母亲扬着声音叮嘱了句:

"不要在室外待太久,小心受凉呵!"

"我知道!"那对父母走出了博物馆。丹荔长长地吐出一口气来。

"好不容易!""我看没什么困难!"志翔说,"你父母显然拿你根本没办法！"丹荔笑了。"这倒是真的！因为他们太爱我。每个儿女学会的第一件事，就是利用父母的爱来达到目的！"

志翔深深地看了丹荔一眼，他没有想到这个看起来稚气未除的女孩，竟会说出这样一句话。想必，她的内涵比她的外表要深沉得多。"你对你父母说些什么？"

"我说我碰到熟人哩！"她笑嘻嘻的。

"刚刚你还大声骂我是小日本，又说是熟人，岂不是自我矛盾？""我说我看错哩！""你父母相信吗？""当然不相信哩！他们又不是傻瓜！"她笑得更甜了，"他们不过是假装相信罢哩！"

"他们知道你撒谎，还让你跟我一起玩吗？不怕我是坏人，把你拐跑？""拐跑？你试试看！"她扬扬眉，睁大眼睛，满脸的俏皮相，浑身都绽放着青春的气息。"我爸爸和妈妈都很开明，他们知道把我管得越紧越不好。何况，我跟爸爸说，如果他不让我跟你一起去玩，他就得陪我去逛博物馆，包括圣彼得博物馆、圣保罗博物馆、圣玛丽亚博物馆、圣方达博物馆、马丁路德博物馆……他一听头都炸了，慌忙说：你去吧去吧！让那个呆子陪你去逛这些博物馆吧！"

志翔怔了怔。"嗨！"他说，"你说的这些博物馆，我可一个也不知道！"

"你当然不知道哩！"丹荔咧着嘴，她的牙齿又细又白又整齐，"这都是我顺着嘴胡诌出来的，反正我念得稀里呼噜，来得个快，他也弄不清楚！"

"你……"志翔惊奇而又愕然地望着她，然后，就忍不住大笑了起来，丹荔也跟着笑，她的笑声像银铃般清脆。在博物馆里，这样笑可实在有点不礼貌，但是，志翔又实在熬不住，就一面笑，一面拉着丹荔的手，跑出了博物馆，站在博物馆外的台阶上，他们笑了个前俯后仰。

笑完了，志翔望着丹荔。自从来罗马之后，他似乎从没有这样放怀一笑过。丹荔那对灵敏的眼珠在他面前闪动，围巾在迎面而来的寒风中飘荡，她那年轻的面庞，映着阳光，显得红润而光洁。志翔有些迷惑了。

"你预备在罗马住多久？"

"一个星期！""今天是第几天？""第二天！""还有六天？""唔！""看过《罗马假日》那个电影吗？"

"我不是公主！"她笑着，"你也不是记者！"

一辆马车缓缓地驶到他们的面前，那意大利车夫用不熟练的英语招呼他们，问他们要不要坐马车环游布什丝公园？丹荔立即兴奋了，毫无考虑地就往马车上跳，志翔一把拉住她，问那车夫："多少钱？""三千里拉！"这是敲竹杠！志翔心里明白，他口袋里一共只有六千里拉，还是早上志远硬塞给他的："晚上请忆华去看场电影，别老是待在家里清谈！"他想讲价，可是，丹荔用困惑的眼光望着他。他那男性的自尊封住了他的口，他拉着丹荔跳上了车子。车夫一拉马缰，马蹄嘚嘚，清脆地敲在那石板路上，像一支乐曲。丹荔愉快地笑着，那爽朗天真的笑声，像另一支乐曲。志翔抛开了心中那微微的犯罪感，一心一意地陶醉在这两支乐曲声中了。

第八章

忽然间,罗马的黄昏与落日,变得出奇地美丽。忽然间,罗马的夜晚,充满了缤纷的色彩。忽然间,连那冬季的寒风,都充满了温馨。忽然间,连那路边的枯树,都绽放着生命的光辉。志翔感到自己内心深处,有一种沉睡了二十四年的感情,在一刹那间觉醒了、复苏了。

一连几日,在下课以后,他都和丹荔在一起。虽然丹荔像一块强而有力的磁铁般吸引他,他却不肯为她放弃自己的功课,因而,他们是名副其实地在享受罗马的黄昏与落日、夜色与星光。丹荔是活泼的,是快乐的,是无忧无虑的,她脸上永远带着笑,每晚有几百个稀奇古怪的主意来玩。她爱穿红色的衣服,鲜艳得一如她的名字,丹荔,因而,志翔对她说:

"你那么艳,又那么娇小,我要叫你小荔子。"

"小荔子?"她微侧着头,月光涂在她的颊上,闪亮在她的眼睛里,"从来没有人叫我小荔子,我喜欢它!"她喜悦地对他笑着,"那么,我叫你小翔子!"

"很好!"他盯着她,"这是我们之间的专门称呼吗?小荔子?""只要你高兴,小翔子!"

"那么,告诉我,你今晚想去干什么?"

"我不知道,我还没有想出来!"

他们走在罗马的大街上,这是冬天,罗马的冬季好冷好冷,街上几乎没有什么行人。丹荔穿着件毛茸茸的红大衣。戴着顶白色的毛线帽子,围着白色的长围巾。她娇小玲珑,活泼风趣。她伸手去抓住他的手。

"你的手好冷,"她说,"你穿得太少了。"

"不,我一点都不冷。"他回答,"和你在一起,我根本不觉得现在是冬天。""你的嘴巴太甜,这样的男人最可怕!"

"在遇到你以前,我是有名的笨嘴笨舌!"

"别骗人,我不会相信!"她侧头研究他,"你为什么来罗马读书?大部分留学生都去美国。"

"要学艺术,只有到欧洲,何况,我哥哥在这儿。"

"你的哥哥在做什么?"

"他……"志翔沉吟着,半晌,才轻声说,"他在歌剧院工作。""歌剧院?"她惊呼,兴奋得跳了起来,一把握住了他的手,"我们去歌剧院。我从来没去过歌剧院!"

"不!"他站住了,脸上变了颜色,"不要!我不去!我不想去!"她凝视他,研究着他的神色。

"为什么?""不为什么,"他掩饰着,相当懊恼,"为什么要去那种地方呢？歌剧都是又沉闷又冗长的玩意儿，而且，我们根本听不懂他们在唱什么。而且……"他咬咬牙。"老实说，我很穷，我请不起你。"她上上下下地看他。"不去就不去好哩！"她说，"干吗又穷啊富啊的！你如果真穷，你就不会来罗马，更不可能念这种贵族学校。"

他怔了怔，欢愉从他的身上悄悄溜走。

"丹荔，"他望着脚下的石板路，"你们为什么要移民瑞士？你父亲很有钱，是不是？其实，我问得很傻，你家一定很富有，因为你从没穿过重复的衣服。"

"我爸爸是个银行家，他被聘来当一家大银行的经理。至于移民吗，爸爸说，全世界没有一个安全的地方，除了瑞士！我老爸又爱钱又爱命！哈！"她笑着，"说实话，所有的人都又爱钱又爱命，只是不肯承认，这世界上多的是自命清高的伪君子！我爸说，他只有我这一个女儿，不愿意我待在香港。"

"为什么？""香港人的地位很特殊……"

"怎么讲？""这些年来，香港一直受英国政府管辖，我们拿的是香港身份证。"她抬了抬下巴，"爸爸是北京人，早年还在剑桥留学过，大陆解放，我们到了香港……你知道，香港人都说广东话，只有我跟着爸爸妈妈说汉语，我们很难和香港人完全打成一片，再加上，香港历年来，又乱又不安定，而且那是个大商港，不是一个住家的地方，也不是个生活的地方，最后，爸爸决定来瑞士，我们来了，我就成了瑞士人。""瑞士人？"他凝视她，"你是个百分之百的中国人！"

"是的,可是,我拿香港身份证和瑞士护照,爸爸说,我们这一代的悲哀,是只能寄人篱下!"

"你爸爸太崇洋,什么叫寄人篱下?为什么你们不去台湾?而要来瑞士?"他忽然激动了起来,"你从香港来,带着一身的欧化打扮!你知道吗?我认识一个老鞋匠的女儿,她是出生在欧洲的,可是,她比你中国化!"

"哈!"丹荔挑着眉毛,"看样子,你很讨厌我的欧洲化!"

"不,我并不是讨厌,"他解释着,"事实上,你的打扮又漂亮又出色,我只是反对你父亲的态度……"

"算了!算了!"她迅速地打断他,"我们不讨论我爸爸好吗?在这样的月光下,这样的城市里,去谈我的老爸,岂不是大煞风景!"她抬头看了看天空,这大约是旧历的十五六,月亮又圆又大,月光涂在那些雕像、钟楼、教堂和纪念碑上,把整个罗马渲染得像一幅画。"哦,小翔子,"她喊,"你猜我想干什么?""我不知道!""我想骑一匹马,在这月光下飞驰过去!"

志翔望着她,她的眼睛里闪着光彩,月光染在她的面颊上,她的面颊也发着光,她周身都是活力,满脸都是兴奋,志翔不由自主地受她感染了。

"我可不知道什么地方,可以找到马来给你骑啊!"

"如果找得到,你会帮我找吗?"她问,好奇地、深刻地看进他眼睛里去。"我会的!"他由衷地说。"只要我高兴做的事,你都会带我去做吗?"

"事实就是如此!"他说,"这几天,我不是一直在带你做你高兴的事吗?"她歪着头想了想。"是的。可是,你肯为我请两天假,不去上课吗?"

他沉思了一下,摇摇头。

"这不行!""为什么?""上课对我很重要,"他慎重地、深思地说,"我的前途,不只关系我一个人。我很难对你解释,小荔子,我想,即使我解释,你也很难了解。将来,如果我们有缘分做长久的朋友,或者有一天,你会明白的!"

"将来吗?"丹荔酸酸地说,"谁晓得将来的事呢?再过两天我就走了!而且,"她耸耸肩,"你怎么知道我要你做我长久的朋友呢?"他怔了怔。"我是不知道。"他说。

"那么,明天请假陪我!"她要求他,"我知道一个地方很好玩,可以当天去当天回来,我们去开普利岛!"

他摇摇头。"去庞贝古城?"他再摇摇头。"去拿坡里?"他还是摇头。"你……"她生气地一跺脚。"你这个书呆子,画呆子,雕刻呆子!你连人生都不会享受!"

"我不是不会,"他有些沉重地、伤感地说,"我是没资格!"

她站住了,扶住他的手腕,她仔细地打量他的脸。

"你真的很穷吗?"她问。

"那也不一定。"他说。

"我不懂。穷就穷,不穷就不穷,什么叫不一定?"

"在金钱上,我或者很穷,"他深沉地说,想着志远、高祖荫、忆华,和自己的艺术生命,"可是,在思想、人格、感情、才气上,我都很富有!"

"哦！"她眩惑地望着他，"你倒是很有自信呵！"

他不语，他的眼神相当坚定地望着她，她更眩惑了。

一阵马蹄声由远处缓缓地驰来。嘚儿嘚儿的，很有韵律的，敲碎了那寂静的夜。丹荔迅速地回过身子，一眼看到一辆空马车，正慢慢地往这边走来。那车夫手持着鞭子，坐在驾驶座上打盹。丹荔兴奋地叫了起来：

"马来了！""别胡闹！"志翔说，"那车夫不会把马交给你的，而且，驾车的马也不一定能骑！"

"那么，我就去驾一驾车子！"

她奔向那马车，志翔叫着：

"小荔子，你疯了！""我生来就有一点儿疯的！"她喊着，跑近那马车。车夫被惊醒了，勒住了马，他愕然地望着丹荔。丹荔不知对他说了些什么，那车夫缓缓地摇头，丹荔从口袋里取出一大把钞票，塞进那车夫的手里。车夫呆了呆，对着手里的钞票出神，然后，他们彼此商量了一下，那车夫就把马鞭交给了她，自己坐到后面去遥控着马缰。

"唷呵！"丹荔喊，跃上了驾驶座，拉住马缰，她神采飞扬地转头望着志翔。"我是罗马之神！我是女王！我是天使！"她一挥鞭子，马放开蹄子，往前奔去。她控着马缰，笑着，高扬着头，风吹走了她的帽子，她不管，继续奔驰着，月光洒在她身上，洒在马身上，洒在那辆马车上，一切美极了，像梦，像画，像一首绝美的诗！她在街头跑了一圈，绕回来，跳下马车，她把马缰交还给那迷惑的车夫。

车夫爬回了驾驶座，回头对志翔说：

"先生，你的爱人像个月光女神！"

月光女神！他第一次听到这名称，带着种感动的情绪，他望着那激动得满脸发红的丹荔。丹荔还在喘气，眼珠黑幽幽地闪着光芒，含笑地望着他。

"知道吗？小荔子？你真有一点疯狂！"

"我知道。"她轻语，仍然含着笑，攀着他的手臂，笑眯眯地仰视着他。他不由自主地抬起手来，托着那尖尖的小下巴。

"知道吗？"他的声音沙哑，"你好美好美！"

她笑得更加醉人了。"那么，陪我去开普利岛吗？"

他费力地和自己挣扎。

"哦，不行，除非你多留几天，留到圣诞节，我有假期的时候。""你不能为我请两天假，却要我为你留下来吗？"她仍然在笑。"是的。"她脸上的笑容像变魔术一样，倏然间消失无踪。

"你以为你是亚兰德伦，还是克林·伊斯威特？"她转身就向街上奔去。"小荔子！"他喊。"你最好想清楚，"丹荔边说边走，"不要把自己的价值估得太高了！"她伸手叫住一辆出租车。

"小荔子！"他追在后面喊，"明天中午在老地方见！"

她回过头来，又嫣然一笑。

"看我高不高兴来！"她钻进车子，绝尘而去。

第九章

太阳从视窗斜斜地射了进来。

志远在床上翻了一个身,夜来的疲倦仍然紧压在他的肩上、背上、手臂上,他浑身酸痛而四肢脱力。或者,最近他是工作得太苦了,他模糊地想着,可是,志翔下学期的学费还要缴,家里还得寄点钱去……这两天志翔用钱比较多,可能他已经对忆华展开攻势了,男孩子一恋爱就要花钱。他必须再多赚一点,最好是早上也去加班……他的思想被客厅里一些轻微的音响打断了。睁开眼睛,他侧耳倾听,有人在客厅里悄然走动,那声音是相当熟悉的。他看看手表,上午十一点,也该起床了。

翻身下床,他伸了个懒腰,拿起椅背上的毛衣,一面往头上套去,一面走进客厅。

"忆华,是你吗?"忆华正在轻手轻脚地擦拭着桌椅,收拾屋里散乱的衣服、杂志,和那一张张的速写。听到志远的

声音,她迅速地站直了身子,面对着志远,歉然地说:

"是不是我把你吵醒了?"

"谁说的?是我自己醒了!"他深深地看了忆华一眼,她还是那样文文静静的、安安详详的。他竟看不出她感情上有任何变化。他走向盥洗室,梳洗过后,他走出来,发现忆华正对着志翔的一沓画稿在发愣。有进展!他想,如果忆华能对志翔的画稿感兴趣,表示她对他已经越来越关心了。他欣慰地点点头,试探地问:"怎样?他画得不错吧?"

"好极!"忆华由衷地、赞叹地说,"他实在是个天才!难怪你总是夸他!""我知道你会欣赏他的!"志远说,神秘地笑着,"怎样?忆华?有事可不许瞒我!"

"瞒你?"忆华惊愕地抬起头来,"我会有什么事要瞒你呢?从小,我在你面前就没有秘密。"

"是吗?"志远凝视着她。

她在他那专注的凝视下瑟缩了一下,忽然间,脸就微微地涨红了。她逃避什么似的把眼光转开去,放下志翔的画稿,她抱起椅子上的脏衣服,轻声说:

"我做了几个你爱吃的菜,有红烧狮子头,你来吧,已经快吃午饭了,爸爸在家里等呢!"

"怎么?"志远仔细地打量她,"这顿饭有什么特殊意义吗?""你是怎么了,志远?"忆华微蹙了一下眉头,"到我家吃饭,还需要有特殊意义吗?你瞧你,最近又瘦了,吃点好的,补一补身子。""红烧狮子头?"志远咂了一下嘴,不胜馋涎地,"难得你有兴致去做这种费时间的菜,不过,"他犹疑了一下,"为什么不留着晚上吃呢?""晚上吃?"忆华怔了怔。

"志翔已经好久没吃过狮子头了!"志远沉吟着,"我看,还是留到晚上给志翔吃吧,咱们随便吃点什么就好了!我就是吃面包三明治,也可以过日子的,志翔到底出来时间短,吃不惯意大利东西!"忆华抱着衣服,呆住了。好半天,她才愣愣地望着志远,幽幽地、慢慢地、轻声轻气地说:

"志远,你心里永远只有志翔一个人吗?"

"当然不止。"志远说,走过去,用手挽住她的肩,"还有你!"她微颤了一下。"有我吗?"她轻哼着。

"是的,你和志翔。"志远恳切地说,俯头看她,终于低声问,"你们已经很不错了,是不是?告诉我,这两天晚上,你们去哪儿玩了?"她的脸色变白了,抬起头来,她的眼珠黑蒙蒙地盯着他,一眨也不眨地。半响,她才静静地说:

"我已经好几天没见到志翔了,这些晚上,他都没来吃饭。你既然只想吃面包三明治,那么,狮子头也不劳你费心,我和爸爸会吃的!""什么?"志远皱起了眉,吃了一惊,"他这些日子没和你在一起吗?""志远!"忆华叹了口气,"他为什么应该和我在一起呢?好了,你既然不和我一起走,我回去了!"她向门口走去。

志远回过神来,一把拉住忆华。"别忙!等我!我拿件大衣!"他去卧室拿了大衣,一面走出来,一面还在思索。"奇怪,他这几天神神秘秘的,又总是心不在焉,我还以为他和你……和你在一起!"

"或者是……"忆华拿起那沓画稿最上面的一张,递给志远说,"和这位小姐在一起!"

志远接过那张画稿,狐疑地看过去。那是一张炭笔的速写,画面上,是个短发的少女,穿着件毛茸茸的外套,脸上带着又俏皮又活泼又天真的笑容,坐在一辆马车的驾驶座上,手里挥舞着一条马鞭。那神态潇洒极了,漂亮极了。虽然是张速写,却画得细致而传神,那少女眼波欲流,巧笑嫣然,而顾盼神飞。志远紧握着那张画稿,看呆了。半晌才说:

"你别多心,这大概是学校雇的模特儿!"

"我才不多心呢!"忆华摇摇头,"我干吗要多心呢?只是,我知道,模特儿不会坐在马车上,而且,在罗马,要找东方女孩当模特儿,恐怕不那么容易吧!"她拉住志远的胳膊,"你到底要不要吃狮子头呢?"

志远怔怔地发着呆,终于机械化地跟她走出去了。一面走,嘴里还一面念念有词地叽咕着:

"奇怪!这事还真有点奇怪!"

同一时间,志翔和丹荔正坐在维尼多街的路边咖啡座上,啜着咖啡,吃着热狗和意大利饼,志翔有些心不在焉,丹荔却仍然神采飞扬。她那密密的长睫毛,忽而垂下,忽而扬起,眼珠机灵地转动着,悄然地从睫毛后面窥探他。她手上拿着个小银匙,不停地在咖啡杯中乱搅。由于天气冷,咖啡座上冷冷清清,街上的行人也冷冷清清。"小荔子,"志翔轻叹了一声,"真的明天就回瑞士吗?可不可能再延几天?"丹荔扬起睫毛,眼光闪闪地望着他。

"你真希望我多留几天吗?"

志翔再叹了口气,仰靠在椅子上,双手捧着咖啡杯,用它来取得一些暖意。他嘴里吹出的热气,在空气中凝成一团白雾。他望了望天空,望了望人烟稀少的街头,望了望路边的老树,心里模糊地想着志远:志远的憔悴,志远的期望,志远的工作……他做得那么苦,辛勤工作的钱,并不是用来给弟弟挥霍的。志翔啜了一口咖啡,好快,那咖啡已经冷了。他忽然领悟了一件事情,穷学生,是连交女朋友都没有资格的!尤其是像丹荔这种出身豪富,从不知人间忧苦的女孩!

"算了,你回去也好!"他喃喃地说。

丹荔盯着他。"你知道吗?小翔子?你这人真别扭透顶!"

"怎么?""我和你玩了一个星期,你一下子开心得像个孩子,一下子又忧愁得像个老人!我从没见过像你这样矛盾而善变的人!"他苦笑了一下。"现在你见到了!""见到了!是见到了!"丹荔用小银匙敲着咖啡杯,"而且,你还很骄傲,很自以为了不起!"

"我是吗?"他忧愁地问。

"你是的!"她大声说,"你对我很小心……""小心?""小心地保持距离!"丹荔坦率地叫。"你生怕我会俘虏你!"她眯起眼睛看他。"你怕我,是不是?"她的语气里带点挑衅的意味。"其实,你不必怕我!"她笑了,又恢复了她一贯的调皮,"我并不想俘虏你!"

他凝视她,微笑了一下,默然不语。

"让我坦白告诉你,"她继续说,"在瑞士,我有很多男朋友，中国人、外国人都有，他们甘愿为我做牛做马，我对交朋友，是相当随便的！我从不对男孩子认真，这也是我父母放心我和你玩的原因之一，他们知道我没有常性，知道我很洒脱，也知道我有些玩世不恭。所以，小翔子，"她扬着眉毛，好心好意地说，"你还是不要留我，我们萍水相逢，玩得很愉快，明天我回瑞士，后天我可能就不再记得你了，你懂吗？"志翔深深地望着她，仍然沉默着。

"你为什么不说话？""我还有什么话好说？你已经警告了我，我也虚心领教了。你明天就回去，后天就把我忘记……"他再望望天空，忽然下决心地站起来，"很好，这样最好！"他把钱放在桌上，"我该去上课了，再见，丹荔！"

"慢着！"丹荔直跳了起来，"你还要去上课吗？今天是我留在罗马的最后一天，你都不愿意陪陪我吗？"

"你知道我把上课看得多严重！"

"比我严重？"她生气地问。

志翔沉思了片刻。许许多多横亘在他面前的问题，在这一瞬间都浮出来了。"你只是我萍水相逢的一个女孩子，我们有一个不坏的罗马假期，明天你走了，后天我也把你忘了……"他说，抬起头来，故作轻松地盯着她，"小荔子，你用'严重'两个字，是不是太'严重'了？我们之间，本来就没有什么，是不是？"

丹荔紧紧地盯着他，她的眼睛瞪得又圆又大，里面燃烧着怒火，好半响，她才狠狠地跺了一下脚，把围巾重重地甩向脑后，大声说："去上你的鬼课去！你这个自以为了不起的傻瓜蛋！我走了！这辈子你再也看不到我了！"

她转过身子，头也不回地朝寒风瑟瑟的街头冲去。志翔呆站在那儿，目送她的影子消失在街角的转弯之处。他长叹了一声，抱着书本，向学校的方向走去。内心深处，有一根纤维在那儿抽动着，抽得他隐隐作痛。为什么要说这些话？为什么？小荔子！他心里喃喃地低唤着：我们像两只各有保护色的昆虫，谁也不愿意把自己的真颜色示以对方！噢，小荔子！如果不是在异国，如果自己不是身负重任，如果那罗马及家园的石柱不压在自己的肩上，也不压在志远的肩上……如果，如果，如果！如果不是因为这些"如果"，我不会放掉你！坐在教室中，志翔再也听不见教授在说些什么，他眼前浮动的，只是丹荔的那张脸，丹荔的谈笑风生，丹荔的神采飞扬，丹荔的笑语如珠，丹荔的天真任性……一星期以来，和丹荔在一起的点点滴滴，全回到他的面前。博物馆中的相遇，布什丝公园中的驰骋，废墟里的流连，竞技场中的奔跑追逐。丹荔永远有那么多的花样，她可以爬到废墟里那著名的庙殿石柱上去坐着，也可以在那广大的半圆形竞技场中引吭高歌。他永不可能忘记，她站在那竞技场的弧形拱门下，大声地唱："蓝蓝的天，白白的云，蓝天白云好时光……"

她的歌声在竞技场中回响，她唱，她歌，她笑。笑开了天，笑开了地，笑活了半倾圮的竞技场。

这一切都过去了？这一切只是一段罗马奇遇？只是一阵旋风？只是一个小小的、易醒的梦？志翔叹了口气，是的，她会很快地忘记他，他相信这一点，她生来就是那种潇洒的性格，她决不会为了一星期的相聚就念念不忘！何况——他们之间并没有发生过什么。可是，如果自己真要抓住这一切，它会从他指缝中溜掉吗？他凝视着教授，眼里看到的不是教授，而是志远——扛着大石柱，佝偻着背脊，蹒跚着在后台行走的志远。前台，有歌声，有掌声；后台，有布景，有石柱，有佝偻着背脊的哥哥！他甩甩头，甩掉了丹荔，甩掉了妄想，甩掉了笑语和歌声，也甩掉了欢乐与渴求。甩不掉的，却是心里那份深刻的悲哀与椎心的痛楚。

第十章

圣诞节过后不久,春天就来了。

这晚,志远提前下了班,回到家里。

必须和志翔谈一谈,必须知道他在忙些什么,必须了解一下他的感情生活!他最近有点奇怪、有点神秘、有点消沉。万一他迷上了一个不三不四的女孩子,很可能自己所有的安排皆成泡影!在欧洲,多的是声色场所,要堕落,比什么都容易!当然,志翔不至于那样糊涂,但,兄弟两个,未免有太久时间,没有好好地谈一谈了。

回到危楼前面,看到视窗的灯光,他就知道志翔已经回来了,看看手表,才晚上九点钟,那么,他并没有流连在外,深宵忘返了。他心里已经涌上了一股安慰的情绪,与这安慰的情绪同时并存的,还有一种自责的情绪!你怎么可以这样去怀疑志翔!你甚至想到"堕落"两个字!你这样不信任你自己的弟弟!那个优秀的、奋发的年轻人!那个"自己的影子"！三步两步地跳上楼，打开房门，他就一眼看到志翔，站在餐桌前面，专心一致地、忙碌地在雕塑着一个少女头像！听到门响，他抬起头来，惊愕地看着志远，怀疑地、不安地问："怎么了？哥？你提前回家吗？没有不舒服吗？昨天夜里，我听到你有些咳嗽。""哦，没有的事，我好得很！"志远心中一高兴，脸上就自然而然地涌上了一个愉快而欣慰的笑容，"我心血来潮，想偷几小时懒，就提前下班了。"他望着桌上的头像。"我看你近来对雕塑的兴趣，越来越浓厚了！"

"是的，我的教授说，我对雕塑有特殊的领悟力。"

"是吗？"志远高兴得眼睛发亮，"显然你的教授很欣赏你。""我想是的，"志翔微笑一下，"他说，照我这样进展，两年就可以毕业！""毕业？"志远的眼睛更亮了，他喘了口气，"你的意思是说，两年你就可以修完全部的学分？拿到学位？"

"有此可能。"志翔望着桌上做了一半的头像，"不过，艺术是学无止境的，作品的好坏也见仁见智，怎么样算成功，是很难下定论的，我一直觉得我自己的作品里，缺乏一样很重要的东西！""缺乏什么？"志远在桌边坐下来，凝视那头像，这头像刚从黏土翻过来，只是个粗坯，看得出是个少女——一个相当动人的少女。但，未完成的作品，总是只有个模型而已。"我看不出你缺乏什么。""缺乏……"志翔望着那头像，忽然丢下手里的雕刻刀，跌坐在桌边的椅子里，他用手支住头，"缺乏生命，缺乏感情，缺乏力的表现！"他苦恼地抬起头来。"当你的作品进步到某一个阶段以后，你会发现它不再进步了,这就成了你的痛苦!"

志远怜惜地把手放在志翔肩上。

"你操之过急了!志翔!你过分逼迫你自己!让我告诉你,你该怎么做,你应该轻松一下,度度假,旅旅行,交交女朋友!"说到最后一句,他沉吟了一下,"志翔,你最近的烦恼,只为了不能进步吗?"志翔皱了皱眉:"哥,你是什么意思?"

志远走开去,倒了两杯咖啡,一杯递给弟弟,一杯自己拿着,他也在餐桌前坐了下来,他深深地、仔细地凝视志翔。志翔的面容憔悴,眼色愁苦。这使他心里一阵难受,看样子,他忽略了志翔!从什么时候起,他变得这么沉重,这么消瘦?

"你有心事,志翔,"他盯着他,想着在圣诞节以前,曾发现的那张速写,他再望向桌上的头像,怎样也无法把头像和速写联想到一起,这似乎是很难比照的,"你瞒不了我,志翔。"他搜寻着他的眼睛,"告诉我,你在烦恼些什么?为了忆华吗?""不!不。"他连声说,拼命地摇头,"完全不是!"

"那么,是为了另一个女孩子了?那个会驾马车的女孩?"

志翔迅速地抬起头来,脸色变白了。他紧紧地注视着志远,哑声说:"你怎么知道有这样一个女孩?"

"那么,确实有这样一个女孩了?"志远反问,更深切地望着他,"是的,有这样一个女孩!"志翔砰然一声拉开椅子,站起身来,在室内兜着圈子,兜了半天,他绕回到桌子边去,站定了。"哥,谁告诉你的?"

"是你自己。""我自己?""你的一张速写。"志远喝了一口咖啡,笑容从唇边隐去。"志翔,她是怎样的一个女孩子?中国人吗?"

"可以说是中国人,也可以说不是。"

"什么意思?""在血统上,是百分之百的中国人;在国籍上,不是中国人!"砰然一声,这次,是志远撞开桌子,直跳了起来。他推开了咖啡杯,在桌上重重地捶了一拳,那杯子被震得一跳,咖啡溢出了杯子,流到桌面上。志远走过去,一把握住了志翔的手腕,捏得他发痛,他大声地说:

"我没有权力干涉你交女朋友,你要讨洋老婆,也是你的事!你不喜欢我帮你安排的女孩子,我也无可奈何!可是,如果你去交一个外国籍的中国女孩,我反对!我坚决反对!你说我保守也罢,你说我古怪也罢,你说我想不开也罢,我还重视我们的国籍!我知道我自己是从什么地方来的,我还要回到那儿去!你呢,"他加重语气地说,"你也一样!别忘了我们的家,我们的血统!忆华出生在意大利,可是,她的国籍是什么,你知道吗?她是中国人!高自始至终,没有放弃我们的国籍!这就是我佩服他们父女的地方!"

志翔挣开了志远的掌握,忧郁地、苦恼地、沉闷地、失神落魄地说:"你何必这么激动!管她是哪一国人,反正,这已经是过去式了!""过去式?"志远愣了愣。

"是的,过去了!"志翔用手触摸着桌上的雕像,"根本就是个没有发展的故事!哥,"他低下头,抑郁地说,"请你不要再提这件事,我告诉你,这女孩早就走了,不在罗马,不在意大利了!你可以放心了吧?"

志远愕然地看着志翔，志翔那么烦躁忧愁，使他困扰了。片刻之后，他又矛盾地，代志翔不平起来了，怎么，像志翔这样的男孩子，那女孩难道抛开了他？玩弄了他？看不上他？

　　"嗨，志翔，是她没眼光，还是你不要她？"

　　"哥哥！"志翔懊恼地，几乎是愤怒地抬起头来，忍无可忍地叫，"我们能不能停止谈这件事？我告诉你，那是一个还没开始就已经结束了的事情，我们到此为止好不好？你为什么一定要提？为什么？""好好好！"志远息事宁人地抬起手来，"咱们不谈，不谈，不谈！好了吧？"他燃起一支烟，靠进沙发中，悄悄注视着志翔，自言自语地说："我们都累了！都太累了！找一个时间，我们应该出去散散心！"志翔顿时泄了气，闭上眼睛，他觉得脑子里一片凌乱。自己凭什么对志远又吼又叫？那个为了他的学费，在做着苦力的哥哥！那个任劳任怨，从不叫苦的哥哥！他想说什么，可是，喉咙像被一只无形的手捏住了，他发不出声音。

　　"志翔，"志远竭力让声音显得轻快，安抚地、几乎是抱歉地说，"不要烦啦！算你老哥多管闲事，好吧？我跟你说，再过几个月，你就放暑假了。等你放假之后，我也请一个星期的假，我们约了高家父女，一起去威尼斯玩他一星期！威尼斯！哈，志翔，包你会喜欢那个地方！世界著名的水上城市！"志翔回过头来，他的脸涨红了，眼眶发热，他冲到沙发旁边，在志远身旁坐了下来，激动地、沙哑地说：

　　"不！哥哥，放暑假之后，你去度假，我要找一份工作，我不能这样过日子，我不能让你做事养活我！我也是男人，我也有体力，我也能做你所做的事情！"

"别傻，志翔！"志远笑着，若无其事地说，"你唯一需要做的事，就是把你的书念好，把你的雕塑学好！至于赚钱和工作，那是你老哥的事……"

一阵敲门声，打断了志远的话，兄弟两个愕然地对视了一眼，志翔说："是谁？这么晚了！"打开门，忆华正笑吟吟地站在门口，一看到志远，她的眼睛闪亮了。"志远，你今天提前下班了！"她说，手里托着个盘子，走进来。盘子里，是一盘热腾腾的包子。"爸爸说想吃包子，我晚上就蒸了一笼，想想你们兄弟两个，一个总是开夜车雕塑，一个又上夜班，就送一盘来给你们消夜。有甜的有咸的，不知道你们吃得来吃不来？"

可真巧！志远心想，难道你有神机妙算，知道我今晚会提前回家？所以给我们兄弟两个送包子？还是专为了一个人来？看样子，自己的"提前回家"实在有些不智。想到这儿，再悄悄地看看志翔，怪不得他今晚火气这么大呢！他慌忙跳了起来："哈！你们聊聊！你们聊聊！我那边的工作还没完呢！我看，我还是赶工去吧！"他往门口跑去。

"哥哥！"志翔一下子拦在他前面，啼笑皆非地嚷，"你是什么意思嘛！"忆华的脸色微微地变了变，走过去，她把包子放在餐桌上，静静地说："志远，你以为我不知道你回来了吗？你那辆老爷车，像开坦克一样从我家门口经过。几年了，你这辆破车的声音，我在几里路外都可以分辨出来。你每天上班下班，我只要听车声就知道了！"哦，志翔看看志远，看

样子,自己的存在才有些多余呢,人家可是听到车声来送包子的。志翔走过去,拿起一个包子,一面咬了一口,一面往屋外走:

"你们谈一谈,我出去散散步!"

"喂!志翔!"志远又拦住了志翔,"忆华好意给我们送包子来,你不坐下好好吃,散什么步?"

志翔无可奈何地在餐桌前坐了下来,闷着头吃包子。

忆华红了脸,对他们兄弟两个看了看,轻声说:

"大概你们兄弟有正经事要谈,我看,还是我走吧!反正,我也没事,只是送包子来!"

志远一把拉住了忆华的衣袖。

"你敢走?"他笑着说,"坐下来,陪我们谈谈!我们正在谈你呢!""谈我?"忆华好奇地站住了。"谈我什么?""我在对志翔说,等他放了暑假,我们兄弟两个,要约你们父女去威尼斯玩!""真的?"忆华的眼睛睁得大大的,脸发着光,"不是骗我吗?你可以休假吗?""请一个礼拜假,不会丢掉饭碗的!"

"我不去!"志翔坚定地说,"忆华,你跟哥哥去玩,我暑假要去打工!""志翔!"志远不耐烦地说,"我告诉过你了,赚钱是你老哥的事,你不信任我的赚钱能力是不是?你以为我养不活你是不是?""我知道你需要休息!"志翔也抬高了声音,"暑假有三个月,正好我做工,你休息!"

"我不要休息!"志远叫,"真正需要休息的是你,你太用功了,这半年多来,你拼命拼够了……"

"最好我们不要辩论!"志翔打断了志远,"离暑假还有好几个月呢,我们这时候来争论这问题,是不是太早了?"

"要早做决定,我才能安排休假呀!"志远说,"反正一句话,你跟我们去威尼斯,然后,你和忆华可以去佛罗伦萨、米兰、热那亚等地玩一圈回来……"

"我不去!"志翔斩钉截铁地说,"我要去打工!"

"打工!打工!"志远火了,对着他叫,"你连意大利话都没学好,你能打什么工?我老实告诉你,你一个工作也找不着!""最起码,我可以做你的工作!"志翔也火了。"我比你年轻,比你有力气,比你能做重活!""你发疯了!你要去做我的工作!"志远气得脖子都红了。"你是一个艺术家!你有一双拿画笔和雕刻刀的手!这双手不是用来做工的!"他一把抓住志翔的手,把它摊开来,志翔的手指修长,纹路细致。他叫着说:"忆华!你看,这是一双艺术家的手!你知道吗?这双手会创造出伟大的艺术品来!"

志翔望着自己的手,忽然间,他反手抓住志远的手,把它也摊开来,志远下意识地伸开了手掌,那手上,遍布着厚皮和粗茧,指节已因用力而变得粗大,掌心上,还有东一条西一条铁钉划破的伤痕,和好几块青黑色的淤血。志翔陡地觉得脑中发晕,血往脑海里冲去。他感到自己再也不能面对这双手,他感到自己马上就要崩溃……跳起身子,他一反身,就打开大门,直奔下楼,冲往大街上去了。

志远愣了两秒钟,然后,他接触到忆华那盈盈含泪的眸子。他振作了一下,略一思索,就掉转身子,也朝着门外冲去。屋里只剩下了忆华,她看看桌上的包子,又看看那雕塑到一半的头像,深深地叹出一口气。

这儿,在寒风瑟瑟的街头,志远追上了志翔。

"志翔!"他叫了一声。

志翔闷着头往前疾走,身上只穿着一件衬衫,衣袖被冷风吹得鼓了起来。志远跟着他走了一段,默默地脱下自己的外套,披在志翔的肩上,低语了一句:"这儿不比台湾,晚上天冷,当心受凉!"

志翔站住了,望向志远。志远挺立在街灯下,面对着他,脸上带着无比温暖、无比安详的微笑。

"我们兄弟两个都跑出来,把忆华一个人丢在家里,这有点过分吧?"他微笑地问。

志翔不语,街灯下,他泪光闪烁。半晌,他靠紧了志远。转回头,他们肩并着肩,向家中走去。

第十一章

下了课,志翔走出学校的时候,满脑子还是雕塑。雕塑的材料有很多种:木头、石块、铜、铁……自己现在学的偏重于"塑",而不是"雕"。是用黏土做成坯子,经过翻模,再加工。米开朗琪罗和贝尼尼不是这样雕的,他们硬用整块的大理石,一点一点地"雕""刻"而成。如今市面上到处都是大理石粉的仿制品,用树脂和大理石粉调和,倒在模子里,出来就是一个维纳斯,一个丘比特,一个罗马女神,一个恺撒大帝……无知的游客仍然当作珍宝般买回家去。可是,这不是雕塑,这,既无生命,也无感情,更没有"力"的表现!"在所有的雕塑品中,大理石是最大的挑战!"他朦胧地想着。"如果翻模,铜雕最能表现出'力',我应该做一个铜雕,雕什么呢?少女与马!"

少女与马!他眼前又浮起丹荔的影子,丹荔发亮的眼睛,丹荔随风飞舞的短发,丹荔在月夜里的奔驰。那充满疯狂和野性的女孩呵！小荔子，他心里又抽痛了起来。小荔子，为什么那短短的一周，你竟能在我心中铭刻下如此深的痕迹？小荔子！他抬头望望那黄昏时的天空，晚霞是一层层发亮的云。小荔子，你在什么地方呢？瑞士？瑞士有那么多大城小城，你连地址都不留一个！唉！他叹了口长气，抛开小荔子，不再想她，想想志远和忆华吧，想想大理石和木头黏土吧！

一个意大利小男孩走近了他，伸手拦住他，他认得这男孩，是路角那小咖啡店店主的小儿子，他常在那儿喝杯咖啡，吃块意大利饼当午餐。"安东尼奥，"他说，"你有什么事？"

那小男孩笑嘻嘻地递给他一张纸条，对他咧嘴一笑，就一溜烟地跑掉了。他狐疑地打开纸条，惊奇地发现，上面竟是一行中文字，字迹十分陌生，简短地写着：

"我在竞技场中等你，请速来一谈。"

没有上款，也无下款，纸条来得何等稀奇！他反复研究这纸条，实在想不出是谁写的。最后，才恍然想起，可能是忆华。他很少有时间和忆华单独在一起，要不然就有老人在场，要不然就有志远在场。忆华如果特地跑来找他，准是为了志远。他心里有些明白了，忆华平日，就总有一份欲语还休的神态，望着志远的眼光也是心事重重的。准有什么关于志远的事，或者，她想澄清一下，她和他们兄弟两人间的关系？想通了，他就直奔竞技场。

罗马的古竞技场，在市区的中心，传说已有两千年的历史。这两千岁的大建筑物，如今早已只剩下了一些断壁残垣，那圆形的外壳还在，但是已经倾倒了一半。走进去，里面是一格一格的、半倒的泥墙,相传,这些泥墙原在地板底下,是养狮子的牢笼,而今,这些泥墙却像个杂乱的迷宫。在圆场的四周,有楼梯可以上去,到处都是弧形的拱门。志翔一走进去,就有种感觉,一定有人和他开了玩笑!这当年可以容纳五六万人的大建筑里,何处去找一个不知名的约会者?

他想了想,就走到泥墙上面,让自己暴露在圆场的正中,四面张望,他看不到任何人走出来招呼他。他环场而视,这不是旅游季节,竞技场中空空荡荡的,只有几个意大利孩子,拿这古代不可一世的大比武场,当作娱乐地点,在那些阶梯上跳来跳去。他用手圈在嘴上,对四面大声地,用中文叫:

"谁在找我?"半坍塌的圆形剧场,响起了他的回声:

"谁在找我?"他皱皱眉,困惑地对每个方向看去。于是,忽然间,他看到在一个弧形的拱门下,有个小小的、红色的人影,坐在空旷的台阶上。把那灰色的古竞技场,点缀出一抹鲜明的色泽!距离太远,他看不清那人的面貌,但是,他的心脏已猛然间狂跳了起来,脑子里掠过了一个疯狂的念头,这念头又引起了一阵疯狂的期待、兴奋,和疯狂的喜悦!是她吗?是她吗?只有她会想出这种古怪的见面方式,只有她会选择古竞技场!他朝那人影奔过去,奔过去,奔过去……心脏被喜悦和期待鼓满了,他觉得自己像长了翅膀,正飞往一条五彩缤纷的彩虹里去。他觉得自己轻得像一根羽毛,正飘往一个醉人的美梦里去。他看到她了,他终于看清她了!小荔子!他大大地喘了口气,小荔子!他张开嘴狂呼:

"小荔子!小荔子!小荔子!"

她坐在那儿，穿着件白毛衣、红长裤，披着件短短的红披风。她的短发被风吹乱了，乱糟糟地披在额前和面颊上。她用手托着下巴，呆呆地坐在那儿，一动也不动地望着他飞奔而来。他奔到了她面前，一下子收住了脚步，停住了，气喘吁吁地看着她。她的面颊白皙，眼珠黑幽，神色庄重，坐在那儿，她像个大理石雕刻的、至高无上的艺术品。一点也没有往日那份嘻嘻哈哈的模样，更没有丝毫野性的、疯狂的痕迹，她像是变了一个人！变成了一个严肃、庄重、神圣、不容侵犯的圣女！志翔呆了，瞪着她。

"小荔子！"他哑声地低唤，仍然喘着气，"是你吗？小荔子？真的是你吗？"她凝视他，一眨也不眨，眼底逐渐涌起一层悲哀的、绝望的神色。"不是我。"她喃喃地说。

"不是你？"他怔了怔，"小荔子，什么意思？你怎么了？"

她继续一眨也不眨地盯着他，声音是幽幽的、怯怯的、有气无力的。"这怎么可能是我呢？我一向对什么都不在乎，我不会烦恼，也不知道忧愁，我爱玩爱笑爱闹，我对什么都不认真！尤其是男孩子！可是，我现在坐在这儿，像个等待宰割的小羊，像个无主的、迷路的小孩……这怎么可能是我呢？我不相信。"她凝视他，眼里有一层雾气，"你会相信吗，小翔子？为了一个骄傲、自大、莫名其妙的男孩，我竟然单枪匹马地从日内瓦跑到罗马来！"志翔呆立在那儿，这番话是他有生以来听过的最美妙的音乐，美妙得使人难以置信！眼前这张脸是他有生以来见过的最伟大的艺术，伟大得使人难以置信！他瞪着她，长长久久地瞪着她。他听到自己的声音，在那儿沙哑地、含糊地、呢喃地说着:"哦,不!小荔子,我不信……"他又大大地喘了口气,眩惑地瞪着她,"我不信,我不能信!小荔子,我从来不相信祈祷,不相信奇迹,你教我怎么能相信?我不信!我真的不信!"她忽然间从地上一跃而起,站在那儿,她那黑幽幽的眼睛燃烧起来了,她那苍白的脸颊涨红了,她那平稳的呼吸急促了。她张开嘴,大声地、无法控制地喊了出来:

"你不相信!你不相信!你这个笨蛋,傻瓜蛋,驴蛋!如果你祈祷过,你不会写信给我?你不会找我?你一定要把我弄得这么凄惨,一个人跑到罗马来!你坏!你可恶!你笨!你傻!你糊涂!我恨你!恨死你……"

"慢点,小荔子,公平一点!"志翔也嚷了起来,"你走得干干净净,连地址都没有留!我怎么写信?瑞士有那么多城,那么多街,那么多门牌号码!可是,我还是寄了信的,寄了好多好多封……""你寄到什么地方去的?"她大叫。

"寄到你那儿去的!""我没收到!""你收到了的,要不然你不会来!"他毫不思索地叫,"我每天寄一封信给你!到现在,已经寄了三十三封,因为,我们分开了整整三十三天!"

她咬住嘴唇,紧紧地凝视他,眼泪迅速地涌进她的眼眶,她的嘴唇发颤,呼吸沉重,终于,她迸裂般地大叫了一声:

"小翔子!"她投进了他的怀里,他一把抱住了她,立即,他就本能地箍紧了她。她那柔软的、小巧的身子紧贴在他的怀里,她的眼睛祈求地、热烈地、含泪地瞪着他。他俯下头,一下子就捉住了她的唇。她闭上眼睛,泪珠从睫毛缝里滚落下来,沿着颊,一直流进两人的嘴里。

他的心猛烈地跳着,猛烈地敲击着他的胸腔,猛烈得几乎跃出他的身体,他的唇压着那柔软的唇,尝着那泪水淡淡的咸味。终于,他抬起头来,把她那乱发蓬松的头紧压在自己的胸前,他用下巴爱怜地、保护地、宠爱地贴着她的头,轻声低语。"小荔子,你不知道这些日子来,我过得有多苦!你想不到,你给了我多少折磨!"

"我现在知道了。"她在他怀中颤抖着,"你的心在对我说话,它跳跃得好厉害!"她用耳朵更紧地贴着他的胸膛。"我喜欢听你的心跳,我喜欢得发疯!哦,小翔子,你不要嘲笑我,有这一刹那,我三十三天的痛苦都已经值得了!小翔子,别笑我不害羞,我愿意就这样待在你怀里,待一辈子!"

"噢!"她像一股强而有力的火焰,在熊熊地燃烧。他自己也是一股强而有力的火焰,迅速地,这两股火焰汇合在一起,燃烧得天都变红了。"小荔子,我这一辈子也不放你走了,再也不放你走了!"她抬起头来,仰视着他,彩霞染红了她的面颊,落日的余晖在她的瞳孔中闪耀。"你说的是真话吗?"她认真地问。"你真的不再放我走了吗?"他心中"咚"地一跳,理智有一刹那间在他脑中闪过,依稀觉得有那么点不对劲的地方,依稀中志远的面庞在遥远地望着他……可是,丹荔的眼光澄澈如水,丹荔的身子轻软温馨,丹荔的呼吸热热地吹在他的脸上,丹荔那企盼的声音和热烈的告白具有惊天动地的力量……这力量把所有的一切淹没了。他凝视她,那光洁的面庞上还有泪珠在闪烁,他吻去那泪珠,再度战栗地拥住了她。

"是的,是真话!"他由衷地叫着,"小荔子!是真话!我怎能放走你?你就是我的艺术!我的快乐和幸福!放走你,等于放走一切!""那么,"她轻声说,"我是悄悄离家出走的,你预备怎么安排我呢?""什么?"他吓了一跳,推开了她,仔细注视她,"离家出走?你父母不知道你来罗马吗?"

"他们知道。我在桌上留了张条子,上面写着:我到罗马去学音乐。就这样来了!"

他沉思了。初见面的那股巨大的狂热和惊喜被现实所带来的问题给压抑了,一切不愿考虑的、不想考虑的问题都在他脑中涌现。自己的生活还在倚赖哥哥的劳力,如何去安排丹荔?那出身豪富,从不知人间疾苦的女孩!喜悦从他的眼睛里悄悄消失,他不由自主地在台阶上坐了下来,用手无意识地扯着自己的头发。心里像有一堆缠绞不清的乱麻,怎么也整理不出头绪来。"嗨!"丹荔细声细气地说,"你害怕了!是不是?你根本无法安排我,是不是?"他坦白地抬起头来,下决心地说:

"是的,小荔子!让我对你说一些真实的事情,你轻视我也可以,鄙弃我也可以。我无法安排你!我虽然在罗马念书,但是,并不是像你想象的那样,是个贵族子弟。我的家庭很清苦,我和哥哥的留学,都使父母背下了债务,如今,我所有的生活费和学费,都倚赖哥哥做工在支持!你可以为了一时高兴,把一沓钞票塞给马车夫,换片刻的欣乐,我呢?可以为了省下几百里拉,少吃一顿中饭!小荔子,我并不是要向你哭穷，更不是要向你诉苦，因为你来了，你冲着我而来了，我不能不告诉你实情！你问我如何安排你，我但愿可以对你说：嫁给我，我为你造一个皇宫，造一辆金马车，买一百匹白马给你去驰骋！但是，我做不到，我什么都做不到，即使连婚姻，目前都谈不到！在我学业未完成以前，我什么允诺都没办法给你。小荔子，"忧郁、沉重与悲哀压上了他的眉梢，"现在，你该睁大眼睛，看清楚我，是不是值得你背井离乡，来投奔我？假如我使你失望……"

她在他身边坐了下来，静静地听着他的倾诉，听到这儿，她忽然伸出手来，一把蒙住了他的嘴，她的眼睛张得好大好大，轻声地、肯定地、热烈地说："别说了，小翔子，我已经来了。我不要增加你的负担，我自己会安排我自己！我只要听你一句话！"

"什么话？""你想过我吗？要我吗？希望我留下来吗？"

他死命盯着她。"你不需要问这问题的，是不是？"他的眼眶潮湿，"知道吗？我这一生最大的狂欢，是发现你坐在这拱门底下的一刹那！""够了！"她的眼睛发亮，声音激动，"我会留下来！即使你命令我走，我也不走！"

他凝视她，落日正迅速地沉落，整个巨大的圆形竞技场，都被落日余晖衬托得如诗如画。而她那绽放着光华的面庞，却是诗中的诗、画中的画！

第十二章

朱丹荔说得出，做得到，当天，她就住进了一家女子公寓。她打了电话给父母，第二天一早，父母就双双赶来了。朱培德是个实事求是的人，他做事一向有纪律，有果断，有计划，而且一丝不苟。他怎么也想不到自己会生出一个像丹荔这样的女儿！天不怕，地不怕，带着三分疯狂，三分野性，三分稚气，还有三分任性，和十足的热情！这女儿自从婴儿时代起，就弄得他束手无策。她有几千几万种诡计来达到她的目的，包括撒娇撒痴、装疯卖傻，她全做得出来。朱培德明知道她是耍手段，就是拿她无可奈何！至于朱太太呢，那就更别提了。丹荔早就摸清了母亲的弱点，眼睛一眨，她就可以硬逼出两滴眼泪来，泪汪汪地对母亲一跺脚，来上一句：

"妈！我活着是为什么？活着就为了做你们的应声虫吗？如果我不能为自己而活，你还不如把我装回你肚子里去！"

这是撒赖，她从小就会撒赖。可是，她撒赖时的那股委屈劲儿、可怜劲儿，使朱太太的心脏都绞疼了。还能不依她吗？从小，就没有任何事情，父母两个可以拗得过她的！

现在，在这公寓里，又是老把戏的重演。朱培德和太太，苦口婆心地想把她劝回日内瓦。她呢，坐在床上，双手放在裙褶里，睁大了眼睛，只是一个劲儿地摇头。

"我不回去！说什么我也不回去！"

"丹荔，你这次的任性实在太过分了吧？"朱太太说，"你想想，现在又不是刚开学，你到哪里去学音乐？什么学校会收你？""我去××学校学钢琴！"

"那根本不是学校！"朱培德生气地喊，"那是一家补习班，说穿了，就是个野鸡学校！你真要学钢琴，犯不着跑到罗马来，我给你请家庭教师，在家里专门教你！"

"我不要！"丹荔拼命摇头，"我就要待在罗马！"

"好吧！"朱培德简单明了地说，"别再对我玩花样，也别找什么学钢琴这种借口，正经八百的，那个男孩子叫什么名字？""什么男孩子？"丹荔装傻。

"你上次在罗马碰到的那个男孩子！你和他疯了一个礼拜的男孩子！"朱培德大声说。

"他吗？他叫陈志翔！"

"他是做什么的？""留学生！他在××艺术学院学雕塑！"

"××艺术学院？他家里做什么的？"

"我没问过。""你是为他来罗马的吗？"朱培德锐利地问。

"我没这么说。"丹荔逃避地回答。

"好吧！"朱培德咬咬牙，"你现在去把他找来，我必须和他谈一谈!""现在吗?"丹荔看看手表,"他不会来的!"

"什么意思?"朱培德蹙紧眉头。

"现在他正在上课,你想教他牺牲上课,跑到这儿来吗?"丹荔摇头,"他不可能的!他是个书呆子!"

"你的意思是说,你喜欢上了一个书呆子?"朱太太的眼睛瞪得好大好大。"也不完全是书呆子,"丹荔说,"也是个画呆子,还是个雕刻呆子!""你是说——"朱太太越听越惊奇,"他反正是个呆子!你为了这个呆子,跑到罗马来?"

丹荔闭紧了嘴,不说话。

朱培德注视着女儿,半晌,他决断地说:

"我什么时候可以见到他?"

"爸爸!"丹荔仰起头来,眼光里已充满了恳求,"你知道我一向都有分寸的,你知道我不会出错的,你也知道我不会认真的,你何必一定要见他呢?"

"我知道吗?"朱培德哼了一声,"我看,我什么都不知道。你也别多说了,马上收拾东西,跟我回日内瓦去!那个呆子假若真对你有感情,他会到日内瓦来找你的!"

"他才不会呢!"丹荔说,"他连请一小时假,都不会肯的!还去日内瓦呢!""那么,"朱太太说,"这样的男孩子,你还要他做什么?你别傻了!我看,人家对你根本没什么,你就死心眼跑到罗马来,岂不是不害羞?丹荔,你又漂亮又可爱,追你的男孩子一大堆,你总不会为这个呆子发呆病!趁早,跟我们回瑞士!""一定要回瑞士吗?"丹荔问。

"一定要回去!"朱培德烦躁地说,"丹荔,你理智一点,我有一大堆工作丢在那儿,我必须赶回去处理!你不要给我增加烦恼好不好?""如果一定要我回去,我就回去!"丹荔赌气地站起身子,胡乱地把衣柜里的衣服往床上丢,"回去的第一件事,我就自杀!""丹荔!"朱太太喊,"少胡说。"

"什么胡说!"丹荔板着脸,一本正经地,"不自由,毋宁死!"朱培德啼笑皆非地看了看太太。

"瞧!都是你把她宠的!越来越胡闹了!"

"是我宠的,还是你宠的?"朱太太顶了回去,"从她小时候,我稍微管紧一点,你就说:让她自由发展,让她自由发展!自由发展得好吧?现在,她要自由了,你倒怪起我来了!"

丹荔悄悄地看看父母的神色,然后,她就一下子扑过去,用手勾住了父亲的脖子,亲昵地把面颊贴在父亲的脸上,柔声地、恳求地、撒娇撒痴地说:

"爸,你是好爸爸嘛,你是世界上最开明的爸爸嘛,你是最了解我的爸爸嘛!全天下的爸爸都是暴君,只有你最懂得年轻人的心理!瞧,我都二十岁了!你总不能让我永远躲在父母的怀里,我也该学习独立呀!你二十岁的时候,不是已经一个人到剑桥去读书了吗?祖父也没追到剑桥去抓你呀!"她在父亲脸上吻了一下,又对他嫣然一笑,"爸,你常说一句成语,什么自己呀,不要呀,勿施呀,给人呀!……"

"己所不欲,勿施于人!"朱培德纠正着,"什么自己呀,不要呀!你的中文丢光了!"

"哦!"丹荔恍然大悟似的说,"是'己所不欲,勿施于人'吗？我怎么记得住呢？谁有爸爸那么好的记性吗？中文英文都懂那么多！"她用手敲敲头，像背书似的喃喃自语，"己所不欲，勿施于人！己所不欲，勿施于人！不能再忘记这两句话：己所不欲，勿施于人……"

朱培德忍不住笑了。"好了，丹荔，别跟我演戏了！"他笑着说，"我看我拿你是一点办法都没有！你决定要在罗马住下去了，是不是？"

"嗯。""你准备'独立'了！"朱培德睨着女儿，"那么，也不用我给你经济支援吧！"丹荔扬了扬眉毛，噘了噘嘴。

"我也可以自己去做事，只要你忍心让我做。"她说，"对面那家夜总会就在招考女招待！是——"她拉长了声音，"上空！""丹荔！"朱太太叫，也笑了。"我看我们是前辈子欠了你的！真奇怪，就想不通，怎么会生下你这么个刁钻古怪的女儿来！"朱培德决心妥协了。"好了！丹荔，你要住下就住下吧！学钢琴就学钢琴吧！钱呢？我这儿有的是，你拿去用，我可不愿意你用那个男孩子的钱！我知道读那家艺术学院的，都是些有钱人家的风流子弟！丹荔，你心里有个谱就好了！"

丹荔抿了抿嘴唇，不说话。

"丹荔，你仍然坚持不愿我见见这男孩子吗？"

"爸，"丹荔垂下了睫毛，"你知道我的个性，现在你见他，未免太早了。而且，你……你那么忙。他呢？他也忙。"

"忙得没时间来见我，只有时间见你？"

"培德！"朱太太喊，"你也糊涂了，人家见你女儿是享受，见你是什么呢？好了，我也不坚持见他，咱们这个女儿没常性，三天半跟人家吹了，我们见也是白见。"

"可是，"朱培德说，"女儿为了人家跑到罗马来，这个人是什么样儿我们都不知道。"

"你们见过的嘛！"丹荔噘着嘴说，"上次来罗马，在博物馆里画《掳拐》的那个人。"

"掳拐？"朱培德搜索着记忆。依稀记得那个高高壮壮，长得挺帅的男孩子。"掳拐？我看，他正在掳拐咱们的女儿呢！"一句笑话，就结束了父女间的一场争执。于是，就这样决定了，丹荔留了下来，朱培德夫妇当天下午就飞回了瑞士。到底是受西方教育的，朱培德夫妇对女儿采取的教育方式是放任而自由的。晚上，在这公寓里，当这一幕被丹荔绘声绘色地讲给志翔听的时候，志翔反而不安了，他微蹙着眉头说：

"小荔子，我倒觉得我应该见见你父母。"

"为什么？""告诉他们，我并不想'掳拐'你。"

"可是——"丹荔睁大眼睛，天真地望着他，"我却很希望你'掳拐'我！""哦，小荔子！"志翔热烈地叫，"你真不害臊！我从没见过像你这样坦白、这样热情的女孩子！"

"爱情是需要害臊的吗？"丹荔扬着睫毛，瞅着他，"你以前的女朋友，都很害臊的吗？"

"信不信由你，"他说，"你是我第一个女朋友！我的意思是说，第一次恋爱。""真的吗？"她问，眼光迷迷蒙蒙的，"你知道你是我的第几个男朋友？我指的也是——恋爱。"

他用手压住她的嘴唇，脸色变白了。

"不用告诉我！"他说，"我并不想知道！"

她挣开他的手，坦率地、诚挚地看着他。

"信不信由你，也是第一个。"

"是吗？"他震动了一下，"我记得你告诉过我，你有很多很多男朋友！""没有一个认真的。""是吗？""是的。最起码，没有一个能让我从瑞士跑到罗马来！"

"并不包括有没有人让你从罗马跑到瑞士？或巴黎跑到汉堡？或香港跑到欧洲？……"

"你……"她抓起手边的一根皮带，对他没头没脸地抽了过去，"你以为我是什么？全世界跑着追男人的女人吗？你这个忘恩负义、没良心的大傻蛋！你欺侮人！你……"

他一把握住了她的手，把她推倒在床上，用嘴唇堵住了她的唇。"小荔子，总有一天，我要见你的父母，我逃不掉的，因为我要你。"她轻颤着。"如果你对我真有心，等你放暑假的时候，你跟我一起回瑞士去见他们。现在，你们见面是不智之举，因为你们都没有心理准备。""暑假？"他愣了愣。暑假有很多事要做，暑假有很多计划，暑假还有威尼斯之旅，暑假要去打工……

"我知道没办法让你抛弃你的功课，"丹荔体贴地、屈服地说，"我只好迁就你。有什么办法？也算——我命里欠了你的！"暑假？暑假还是个未知数呢！志翔怔着，面对丹荔那张委曲求全的脸，他却说不出话来。

第十三章

夏天不知不觉地来临了。

志远这一阵都很忙,为了想要挪出十天左右的休假,他只得拼命加班,拼命工作。但是,他却做得很愉快,想到即将来临的暑假,和他计划中的假期旅行,他就觉得浑身都兴奋起来。威尼斯,已经不记得有多久没去过威尼斯了!旅行,也不记得多久没有旅行过了!他像个要参加远足的小学生一样,想到"旅行"两个字,就精神振奋而兴高采烈。

但,就在这种忙碌的日子里,志远也没有忽略掉志翔的变化。首先,他变得不爱回家了,常常,志远下班回来,志翔还没回家。其次,志翔越来越容光焕发而神采飞扬,早上,志远在睡梦蒙眬中,都可以听到他吹口哨或唱歌的声音。再次,他开始爱漂亮,注重自己服装的整洁,每天刮胡子。而身上常染有香水的味道。最后,他的雕塑品精巧而完美,三月中,他完成了第一件铜雕,是一个少女与一匹马,少女倚在马的旁边,用手环抱着马的脖子。四月,他完成了第二件铜雕,是一个全身的少女,短发,赤足,短裙子,带着满脸欢愉的笑。五月,他新开始的作品正用黏土在做粗坯,那作品又是个少女胸像——这些作品中的少女,都是同一个模特儿:短发,小小的翘鼻子,薄薄的嘴唇,尖尖的下巴,一脸调皮、野性而欢乐的笑。

所有的迹象都指向了一个目标,志远心里越来越不安。他总想找机会和志翔好好地谈一谈,可是,不知从何时开始,志翔在逃避和他谈话了。这天,是高祖荫的生日,志远破例请了假,在高家吃晚餐。事先,志远已经一再提醒志翔,务必要早一点到,但志翔仍然迟到了,当所有的菜都放上了桌子,志翔仍然没有人影,志远开始冒火了。"忆华,咱们不等他了,再等菜都凉了!"

忆华悄悄地看了志远一眼,柔声说:

"忙什么呢?再等等吧!菜凉了可以再热一热的!"

志远注视着忆华,她近来好消瘦,好憔悴,瘦得整个人都轻飘飘的,显得那对眼睛就特别大。再加上她嘴角那个笑容,酸酸的,怯怯的,带着抹淡淡的哀愁,使她看来那么可怜兮兮。怎么了?是志翔在疏远她吗?一定是为了志翔!志翔在那儿神采飞扬,忆华却在这儿为情消瘦!志远心疼了,懊恼了。对志翔的诸多怀疑,就一项项地加了起来,连他那些颇被教授赞美的雕塑,都成了"犯罪"的"证据"。他盯着忆华,忍无可忍地问:"忆华,志翔多久没来过了?"

忆华支吾着回答:"没多久吧,我也记不清了!"

这是什么回答，志远心中大怒，志翔在捣鬼！怪不得他近来连哥哥面前都在回避。他心里有气，怒色就飞上了眉梢，正想说什么，老人走了过来，轻描淡写地说：

"年轻人嘛，有自己的世界，你当哥哥的，也别把他管得太紧，只要他活得快乐就好了！"

你这个老糊涂！志远心里在暗骂，你只管志翔快乐不快乐，却不管你女儿消瘦不消瘦！他瞪大眼睛，望向忆华，两人眼光接触的一刹那，忆华的嘴唇动了动，似乎想说什么，却又无言地咽下去了，低下了头，她的长发从颊边垂了下来，半遮着那突然红晕了的脸庞。她这种欲言又止，欲语还"羞"的神态，使志远的心一阵激荡，那份代她不平的情绪就更重了。志翔，他在心中叫着，你这个浑小子！你这个糊涂蛋！世界上哪里去找这样好的女孩，只有你这种傻子，才会辜负这段姻缘！"胡闹！"他忍无可忍地抬起头来，"几点了？"

"快八点了！"老人说。

"快八点了？"志远叫着，"我们还等什么？吃饭！吃饭！难道没有他，我们就不吃饭了吗？"

忆华摆好碗筷，又取出一瓶葡萄酒。

"忆华，"志远说，"开瓶白兰地吧！"

"志远，"忆华请求地说，"就喝点葡萄酒吧！"

"白兰地！"志远沉着脸说，"今天是高的生日，你让我们放怀痛饮一次！反正今晚已经请了假，醉了也没关系。高，你说呢？"老人望望女儿，笑呵呵地说：

"丫头，你就开瓶拿破仑吧！中国人说的，酒逢知己千杯少！又说'不醉无归',今晚,我们就让志远不醉无归吧!难得,他也很久没醉过酒了!"

"什么不醉无归,我听不懂!"忆华说,"我只知道如果真喝醉了……""那就让他醉也无归!"老人洒脱地说,"喝醉了,就在咱们这儿睡!以前,他也不是没在咱们家醉过!"

"是的,"志远凝视着忆华,"我记得,有一次我醉了,在这儿又哭又笑地闹了一夜,害你整夜没睡觉,一直陪我到天亮。"忆华脸上的红晕更深了。不再说话,她取来了一瓶陈年的拿破仑,默默地开了瓶盖,注满了老人和志远的杯子。志远举起杯子,对老人大声说:

"高,老当益壮!""志远,"老人也大声说,"学学我,知足常乐!"

两人都一口干了杯子。忆华慌忙按住瓶子。

"爸,你要灌醉他呀!"

"忆华,你就让我和志远两个,好好地喝一次吧!"老人自顾自地取过了瓶子,忆华只得拼命给两人夹菜,一面说:

"既然要喝,就别喝闷酒,多吃点儿菜!"

几杯酒下肚,老人和志远就都有了醉意,你一杯、我一杯地喝得不亦乐乎。同时,两人开始大谈几百年前的陈年老事,老人谈他童年在东北所过的生活,流浪国外后所度的岁月;志远谈他的幼年,谈他的台湾,谈他那"只有点儿小天才"的弟弟……就在两人已进入半醉的时候,那大门上的铃铛一阵叮叮当当响,志翔捧着个生日蛋糕来了。站在餐厅里,他抱歉地说:"对不起,真对不起,我来晚了!"

忆华接过了他手里的蛋糕，迅速地给他添了一份碗筷。志远却不由分说地，一把抓住他胸前的衣服，气呼呼地、兴师问罪地嚷："你这是什么意思？来晚了！谁允许你来晚了？忆华，取个大杯子来，先罚他一杯酒！"

"哥！"志翔急忙说，"你明知道我不会喝酒，罚我三鞠躬好了，酒，我是不行的！"

"管你行不行！"志远把自己的杯子硬塞到志翔手里去，"你干了这杯！向高和忆华道歉！"

"哥！"志翔还想讲价。

"志翔！"志远打断了他，沉着脸，带着酒意说，"你现在抖起来了，你是高才生，要毕业的人了，你看不起你的穷哥哥，和他的穷朋友们了！"

"哥哥！"志翔惊愕地喊，望着志远。然后，他一把接过了志远手里的杯子，对老人和忆华举了举，激动地说："我如果像哥哥这样讲的，我是死无葬身之地！"他一仰头，硬喝干了那杯酒，他一生未喝过烈酒，这酒一入喉，就引起了他一阵呛咳，他置之不顾，抢过瓶子，他再斟满了自己的酒杯。"别以为我的歉意不是真心的，既然罚我，就连罚三杯吧！"他再干了一杯。"志翔！"忆华惊叫，抓住了酒瓶，她望向志远。"志远，你们兄弟两个今晚都发了疯吗？今天是爸爸的生日，你们是来祝寿的呢，还是来闹酒的呢？"

志远深深地看了忆华一眼，回头对志翔嘻嘻一笑。"好吧！再灌你酒，有人会心疼，看在忆华面子上，我就饶了你！"志翔心里一阵焦躁，这是什么意思？他立即说：

"算了，别看任何人的面子，我担当不起！我还是罚酒的好！""志翔！"志远的脸又板了起来，"你别不识好歹！我告诉你……"他提高了声音，酒把他的脸染红了，怒火把他的眼睛烧红了，他逼视着志翔，愤愤然地嚷开了："你别以为你哥哥是瞎子，是哑巴！对于你的事不闻不问！你最近生活糜烂放纵，我早就想教训你了！你从实招来，你每天在外面混到三更半夜，你到底在做些什么？你闻闻你自己身上，又是香水味，又是脂粉味，你到罗马，是来念书，还是沉溺于女色？那个引诱你的野女孩，到底是个什么来路？她缠住你，有什么动机？什么用意？……"

"哥哥！"志翔的脸也涨红了，连眉毛都红了，他气得浑身发抖，用手紧抓着椅背，挺立在那儿，"请你不要侮辱我的感情！请你尊重丹荔。""Dolly！果然！有这么个女孩！外国名字！你……你……"他指着志翔，呼吸急促，"你昏了头了！你去和外国女孩鬼混……""她叫丹荔！她不是外国女孩！"

"是中国女孩？"志远问到他脸上来。

"是……是……"志翔张口结舌，答不出来。

"啊哈！"志远怪叫着，"难道是那个不中不西，又中又西的女孩？志翔！你发了疯！你要气死我！你根本不把我这个哥哥放在眼里，我跟你说，管她是 Dolly，还是丹荔，管她是中国人还是外国人，管她是什么怪物，你从今天起和她断绝关系！不许来往！""哥哥！"志翔也大吼了起来，"你是我的哥哥，你并不是我的主宰！我想，我交朋友用不着要你的同意书！你也没有资格来侮辱……""没有资格！我没有资格!"志远断章取义,勃然大怒,而且受伤了。他愤愤然地一拍桌子,直跳了起来。"没想到,我辛辛苦苦栽培的弟弟,今天来对我说,我没资格管他!很好,很好,"他气冲冲地直点头,"我没资格,你高贵,你重要,你是要人!七点请你吃饭,你大爷八点半才到,你伟大,你不凡,我们这个小房间里容纳不下你……"

"志远!"忆华再也按捺不住,她走过来,一把握住志远的手腕,温柔地、含泪地、恳求地望着他,"你怎么了,志远?犯得着生这么大的气吗?你想想,你们兄弟两个,一向是那么要好的,何苦为一点小事就翻脸!志翔原是你的骄傲,你的快乐……""我的骄傲,我的快乐!"志远更加激动了,"忆华,连你都知道!可是,他知道吗?只怕,我把他当作我的骄傲、我的快乐,他却把我当成他的耻辱、他的悲哀呢!我有什么资格管他?我有什么资格过问他?……"

"哥哥!"志翔喊,沉痛、悲切和苦恼把他给折倒了。他急促地、迫切地、心慌意乱地解释:"我不是这个意思,你不要误会我!哥哥,算我说错了!你不要生气,我赔不是就好了,好吧!"他一咬牙,"罚我喝酒吧!"他举起酒瓶,任性地对着嘴灌下去。"疯了!都疯了!"老人抢下了志翔手里的瓶子,走过来,他用手一边一个,揽住了兄弟两个的腰。他的个子矮,站在两个高个子的中间,脑袋只齐兄弟两个的耳朵。他亲热地、恳切地、安抚地、深沉地说:"你们是好兄弟,背井离乡,在国外相依为命,有什么好吵呢?即使有意见不同的地方,也都是为了对方好,不是吗?好了,看在我这个老头儿的脸上，你们就讲和了吧！"志翔颓然地跌坐在椅子里，用手苦恼地蒙住了脸。志远眼见他这种神情，听到老人的谆谆劝告，心里一酸，顿时百感交集。想到自己对志翔的种种指责，也颇有强词夺理之处，又担心他空着肚子，乱喝了许多酒，会把身体弄坏。心里七上八下，说不出来地后悔，很想对他说两句转圜的话，却又拉不下这个脸来，就呆站在那儿，愣愣地出着神。

一时间，室内好安静，半晌，老人才拍了拍手，嚷着说：

"忆华！把菜热热，大家吃饭了，酒拿开！今晚，到底是我在过寿哩！"志翔抬起头来，眼睛发红，眼眶湿润，他对老人低低地说了句："对不起，高伯伯！"老人对他眨眨眼睛，悄悄示意。

"我吗？我倒没关系……"

志翔抬眼望向志远，打喉咙里叽咕着：

"原谅我，哥！"志远一下子冲过来，把双手放在志翔的两肩上，紧紧地扶住了他。他想说什么，可是，喉咙哽着，望着弟弟那微卷的黑发，望着他那湿润的眼睛，他自己的眼眶也湿了。终于，他开了口："是我不好，我喝多了酒。你别生老哥的气，等你放暑假，我们去威尼斯好好地度个假，把所有的不愉快都忘掉，嗯？"他转眼看着忆华，柔声说："忆华，快去弄点醒酒的东西给他吃吃，他根本不会喝酒！"

忆华悄然地拭去了眼角的泪水，很快地答应了一声，就飞快地跑进厨房里去了。

第十四章

"小荔子,"志翔在丹荔的公寓里走来走去,烦躁不安地说,"我必须告诉你,暑假我不可能跟你去瑞士了。"

"为什么?"丹荔半倚在床上,挑着眉毛问。

"我有事,我要去一趟威尼斯。"

"威尼斯?"丹荔打床上一跃而起,满脸的喜悦和光彩,兴奋地说,"你干吗要去威尼斯?为了收集你的论文材料吗?我陪你一起去,我早就想去威尼斯了,如果不是倒霉碰到了你,我恐怕已经去过一百次了。我跟你说,小翔子,暑假有三个月,我先陪你去威尼斯,你再陪我去日内瓦,我们谁也不欠谁,你说好不好?"志翔凝视着丹荔,缓缓地摇摇头。

"不行,小荔子,你不能陪我去威尼斯。"

"为什么?""因为……因为……"他沉吟着,"因为我要和我哥哥一起去。"她狐疑地看着他。"怎样呢?"她说,"你哥哥不许你带女朋友的吗?你哥哥是老学究、老古板吗?"她扬起睫毛,眼珠又黑又亮,意志坚决地说,"我管你跟谁一起去,反正我跟定了你,你去哪儿,我就去哪儿,别说是你哥哥,你就是带着你的老祖母,我也要跟你一起去!"志翔蹙起了眉头。"小荔子,我是认真的。你不能去。"

"小翔子,我也是认真的,我一定要去!"

"小荔子!"他的眉头蹙得更紧了,"你听我说,去的人并不止我哥哥,还有一对父女,那父亲是个鞋匠,姓高,是我哥哥多年来的知交……"丹荔的脸色变白了,笑容从她唇边隐去。

"我对那鞋匠没兴趣,"她说,紧紧地盯着志翔,"告诉我有关那女儿的事,她多少岁了?"

"二十三岁。""就是你说过的,很中国化的那个女孩?"

"是的。""漂亮吗?""是的。"丹荔咬着嘴唇,深思地站在那儿,有好长一段时间,她只是若有所思地,一动也不动。然后,忽然间,她像一阵风般卷到他的面前,用手拉住他的手腕,面对着他,大眼睛一眨也不眨地紧盯着他,低低地、肯定地、坚决地、清清楚楚地说:"好,我不去。可是,你也不许去!"

"小荔子!"他喊,"你要讲理,你要了解我的苦衷,我不像你那么自由,那么无拘无束,我有许多顾忌,许多困难,我生命里,并不是……"他困难地、艰涩地说了出来,"只有你一个人!"丹荔的脸色更白了。"你说过,我是你生命里最重要的!"

"是吗?"他的眉毛拧在一块儿,在眉心打了一个结,

"如果我说过，也是不很——真实的。小荔子，我生命里不只有你，还有我哥哥。""我和你哥哥，谁在你生命里更重要？"

志翔沉思着，坦白地说：

"我几乎无法回答你这问题。"

丹荔踮起脚，轻轻地吻他的唇。

"现在，你也无法回答这问题吗？"她娇媚地问。再踮起脚，吻他的鼻子，他的面颊，他的耳垂，他的前额……每吻一下，她就问一句："现在呢？"

志翔情不自禁地，一把抱住了她，喘着气说：

"哦，小荔子，你别折磨我！"

"我的爱情，对你居然是折磨吗？"她问，真正地悲哀起来了，垂下睫毛，她轻声自语。"看样子，是我该回家的时候了！""小荔子！"他喊，"你别误会！"

"误会？"她一下子甩开了他，退得远远的，她那发白的面颊涨红了，呼吸急促地鼓动着她的胸腔，"你答应过暑假要和我回日内瓦，现在你要去威尼斯！陪你的哥哥，陪另一个女孩子去威尼斯！你要我怎样？举双手赞成吗？你告诉我，在你生命里，我不如你哥哥……""我并没有这么说！""你的意思还不明白吗？既然如此，你还不如去和你哥哥谈恋爱……""小荔子，你在胡说些什么？"

"我胡说！我才不胡说呢！从没见过一个大男人，动不动就把哥哥挂在嘴上，你是你哥哥的寄生虫！离开你哥哥，你就活不了！你没有自我，没有独立精神，没有个性，没有男子气，你是一根爬藤，爬在你哥哥身上……"

"小荔子！你再胡说！你再说一个字！"志翔气得浑身抖颤起来，他遏止不住自己由内心深处所爆发的愤怒，他的脸扭曲了，他的声音喑哑，"你再敢说一个字，我们之间就恩断义绝！""我要说！我要说！"丹荔任性地喊，"你哥哥在扼杀你！你就任由他去扼杀……"志翔往门口冲去，刚刚把手放在门柄上，正要打开门冲出去，丹荔已经像风般卷了过来，从背后一把抱住了他。他回过头去，正好看到丹荔的脸，眼泪正疯狂地奔流在那脸上，那乌黑的眼珠，透过泉水般涌出的泪花，死死地盯着他。她的声音呜咽地、悲苦地、绝望地低喊着：

"你敢走！你走了我马上就自杀！"

他崩溃了。回转身子来，他紧紧地拥着丹荔，丹荔把头紧埋在他怀里，哭得浑身抽搐，一边哭，她一边喃喃地、热烈地、坦率地诉说着："我不是要骂你！我不是真心要说那些！我只是爱你！爱疯了！我不知道要怎么办？我无法和你的哥哥来抢你，他又不肯和我共有你！我怎么办？如果他是个女人，我还可以和他竞争，他又是你哥哥！"她仰起泪痕狼藉的脸庞来，一绺短发被泪水湿透，贴在面颊上，她悲苦地瞅着他。"我怎么办？你告诉我，我怎么办？"志翔在她那强烈的自白下心碎了，他紧拥着她，吻着她，不停地吻着她，试着要治好她的眼泪，和她的抽噎与战栗。

"小荔子，"终于，他把她拖到沙发边坐下来，用胳膊圈着她，"让我告诉你一些事情，一些有关我和我哥哥之间的事。"他开始对她诉说，那段童年的岁月，志远的留学，八年的通信,他的旅费,兄弟的见面,志远的隐瞒,他的发现,歌剧院的工作,和那下午的营造厂……一直说到目前的局面,哥哥对他的期望,以及忆华的存在。丹荔细心地听着,安静地听着,她的眼泪渐渐干了,而那深情的凝视却更痴更狂更沉迷了。"哦,小翔子,"她动容地、怜惜地说,"我从不知道你的处境如此艰苦!""那么,你了解我为什么要听哥哥的安排了吗?"

她深深地瞅着他。"小翔子,"她小心翼翼地说,"你知道我家是很有钱的!我可以帮你……"他用手指压在她的唇上,阻止她说下去。

"我宁可用哥哥的钱,也不能用你的!要当寄生虫,寄生在哥哥身上,总比寄生在女朋友身上好些!"

"噢!小翔子!"她歉疚地低喊着,"你不可以记得这种话!我发疯了,我不知道我在说些什么!"

"好,我们把这些话都忘记!"他说,"但是,你同意我不去日内瓦了吗?"她低下头,用手卷弄着衣角,半响,才抬起头来。

"不!"她说。"小荔子!""听我说,"她安静地开了口,"如果任何事你都要听你哥哥的安排,那么,你是不是预备抛开我,去和那个高忆华结婚呢?""你知道这是不可能的事!"

"那么,你又何必要去威尼斯?你不去,他们自然也会去,是不是?而且,暑假去威尼斯玩还是小事,你说你想去打工,你知道日内瓦最发达的行业是什么?旅馆和银行!由于日内瓦是避暑的好地方,每年暑假都有人满之患,各旅馆都缺乏人手,很多欧洲学生都利用暑假到日内瓦去打工。你何不放弃威尼斯之旅,改去日内瓦呢?一来,你可以见见我父母,二来你可以找工作,三来……"她像蚊子般哼着,"你可以躲开那位中国化的女孩!说实话,小翔子,我怕她!我不要人把你从我手里抢走!我也不愿意和你分开!"

他被说动了,事实上,他又何尝愿意和丹荔分开?听丹荔这一席话,倒并不是没有道理,想不到丹荔整天疯疯癫癫的,分析起事理来却也有条有理。他注视着她,考虑着,深思着,犹豫着。"小翔子。"丹荔仰头望着他,用手勾住了他的脖子,她那澄澈的大眼睛闪烁着,充满了请求的、哀恳的意味,整个脸上,都带着种不容抗拒的魅力。她悄悄地、柔柔地、细声细气地说:"答应我!别去威尼斯!我保证在日内瓦给你找到工作!答应我!小翔子,如果你爱我,如果你要我!别去威尼斯!"他无法抵制这温柔的请求。

"可是,你教我怎么向哥哥开口?"他问。

"你一定要开口吗?"丹荔的眉毛轻轻地扬着,含蓄地注视着他,"你做任何事情都要得到批准才能做吗?如果你开了口,他不许你去日内瓦,你又预备怎么办呢?"

"小荔子,"他慢吞吞地说,"你要我不告而别?"

"也可以'告',但是,告得技巧一点吧!"

志翔注视着丹荔,她的眼睛更温柔了,更甜蜜了,更痴迷了,更美丽了,她那长长的睫毛半扬着,唇边带着个讨好的、爱娇的、祈求的微笑,那微笑几乎是可怜的,是卑屈的,是令人心动而且令人心碎的。他低叹了一声,情不自禁地俯下头去。"哦,小荔子,你使我毫无办法!我——投降了。"

第十五章

于是,暑假来临了。这天,志远冲进了高氏鞋店的大门,他冲得那么急,门上的铃铛发出一串剧烈的急响。在高祖荫和忆华来不及跑出来应门的一刹那,他已经又直冲进那小小的餐厅兼工作间。忆华正围着条粉红格子的围裙,穿了件白色有荷叶领的长袖衬衫,在餐桌上折叠着那些刚洗烫好的衣服与被单。老人依旧围着皮围裙,手里握着切皮刀,在切一块小牛皮。

"忆华,你瞧!"志远气急败坏地,脸色灰白,而神情激愤地嚷,"你瞧!志翔怎么可以做这样的事?"他转向老人,悲愤交加地喊:"高,他辜负了我们!"

"怎么了?"忆华惊愕地问,由于志远的神情而紧张了,"他做了什么?他闯了祸吗?"

"他走了!"志远在餐桌上重重地捶了一拳,那刚叠好的衣服被震动得滑落了下来。"他走了!"他咬牙切齿,愤愤然地喊着，眉毛可怕地虬结着，眼睛发红。"他一声不响地就走了！""走了？"忆华困惑地望着他，"你是什么意思？他走到哪儿去了？回台湾了吗？""你还不懂！"志远对着忆华叫，好像忆华该对这事负责任似的，"他跟那个中不中、西不西的女孩跑掉了！他眼睛里根本没有我这个哥哥，没有你，没有我们全体！我们所有人的力量加起来，抵不上一个朱丹荔！我已经安排好了休假，计划好了路线，昨天还把我的小破车送去大修了，预备一路开车到法国去！可是，他……"他磨得牙齿咯咯发响，"他跟那个女孩跑掉了。"老人走了过来。"你怎么知道他跟那个女孩跑掉了呢？"

"看看这个！"志远从口袋里掏出一张纸条，摊在桌上。"我起床之后发现的！"老人和忆华对那纸条看过去，上面写着：

哥哥：

　　一千万个对不起，我和丹荔去日内瓦了，我将在日内瓦找份工作，开学之前一定赶回来。你和忆华不妨维持原订计划，去威尼斯玩玩，你该多休息。咳嗽要治好，请保重，别生气！你的一片用心，我都了解，可是，人生有许多事都是不能强求的，是不是？

　　代我向忆华和高伯伯致歉。

　　祝你们玩得快乐！

　　　　　　　　　　　　　　　　弟　志翔

忆华读完了纸条,她抬起头来,静静地看着志远,轻声地问:"你就为了这个,气成这样子吗?""这还能不生气吗?"志远恼怒地说,"你想,忆华,日内瓦找工作,日内瓦能找什么工作?那个洋里洋气的丹荔准是瑞士人!这一切都是那个朱丹荔在捣鬼,我打包票是她出的主意!志翔是老实人,怎么禁得起这种不三不四的女孩子来引诱!"他越说越气,越说越激动。"我帮他把一切都安排好了,连女朋友都安排好了,他不听,他任性,他不把我们看在眼里!这个见鬼的朱丹荔!"他又重重地在桌上捶了一拳,"我决不相信,她赶得上忆华的千分之一,万分之一!"

忆华怔怔地瞅着志远,听到这句话,两颗大大的泪珠,就夺眶而出,沿着那苍白的面颊,轻轻地滚落下去,跌碎在衣襟里了。看到忆华这神情,志远心里一紧,就觉得心脏都绞扭了起来,他不由自主地走了过去,一把握住忆华的手,把她的双手合在自己的大手里,他急促地、沙哑地、一迭连声地说:"不要!忆华,你千万别伤心!我告诉你,我会干涉这件事!我会教训志翔!你知道,志翔年轻,容易受诱惑,他会回心转意的,我向你保证,他一定会想明白的,失去你,除非他是傻瓜!"他不说这番话还没关系,他这一说,忆华就跌坐在一张椅子里,抽出自己的手来,一把蒙住了脸,干脆抽抽噎噎地哭起来了,哭得好伤心、好委屈。志远呆了,愣了,急了。抬起头来,他求救地望向老人。

"高!"他焦灼地说,"怎么办?你……你来劝劝她,你叫她别哭呀!"老人深深地看了志远一眼,又望望女儿的背影,嘴里叽里咕噜的不知道说了些什么。就自顾自地拿起自己的工具箱,一面往外屋走,一面低语了一句:

"你们年轻人的事,你们自己去弄清楚,我是帮不上忙的!"老人走出去了,屋里只剩下了忆华和志远。忆华失去顾忌,就往桌上一扑,把头埋在肘弯里,痛痛快快地哭起来了。志远更慌了,更乱了,绕着屋子,他不停地踱来踱去,心里像打翻了一锅沸油,烧灼得整个心脏都疼。终于,他站在忆华身边,用手抚摸着她的头发,柔声说:

"求求你别哭好吗?你再哭,我的五脏六腑都被你哭碎了。我道歉,好吗?"她悄然地抬起含泪的眸子,凝视他。

"你……道歉?"她呜咽地问。

这句话有点问题,志远慌忙更正:

"我代志翔道歉!"忆华绝望地睁大眼睛,刚收住的眼泪又夺眶而出,她用手蒙住嘴,反身就往卧室里奔过去。志远一急,伸手一把拉住了她,跺跺脚,苦恼地说:

"怎么了吗,忆华?你一向都能控制自己的,早知道你会这样子,我就把这件事瞒下来了,可是,"他抓抓头,"这事怎么能瞒得住呢?"忆华站住了,她竭力抑制着自己,半晌,她终于不哭了。志远取出一条手帕,递给她,她默默地擦干了泪痕,站在志远的面前,低俯着头,她轻声说:

"对不起,志远,我今天好没风度。"

看她不哭了,志远就喜出望外了。他急急地说:

"算了,我又不是没看你哭过。记得吗?许多许多年以前，你还是个小女孩，有一天，我买了一件像小仙女似的白纱衣服送给你，你好高兴，穿了它出去旅行，刚好下大雨，你摔了一跤，衣服全撕破了。回来之后，你也是这样哭，哭了个没停。"她抬起眼睛，从睫毛缝里望着他。她的脸发亮。

"你还记得？"她问。"怎么不记得？""知道吗？"她轻声低语，"我一直保留着那件衣服，不是——为了衣服，而是——为了送衣服的人。"

志远的胸口，像被重物猛捶了一下，他惊跳着，声音就沙哑而战栗。"忆华，"他喊，"你不知道你在说什么。"

"我知道。"她的声音更低了，新的泪珠又在眼眶里打转，"不过，我以后不会再说了。以前，你常送我东西，哪怕是一根缎带、一支发夹，我都当珍宝一样收藏着，可是，我从没想到，有一天，你居然会——居然会——居然会——"她说不下去了。"居然会怎样？"他听呆了，痴了，傻了。

"居然会把我像一件礼物一样，要送给你那宝贝弟弟！"她终于费力地冲口而出，苍白的脸颊因自己这句大胆的告白而涨得通红了，"我刚刚哭，不是为了志翔去日内瓦，而是为了……"她抬眼看他，泪珠在睫毛上颤动闪烁，她一眨也不眨地盯着他。"我就那么讨厌吗？你一定要把我送给别人吗？""忆华！"他大喊了一声，抓住她胳膊的手微一用力，她的头就一下子倚进了他怀里。顿时，他如获至宝，竟忘形地把她的头揽在胸前，他激动地、惊讶地、狂喜而悲切地说："忆华，你不知道你在说什么，你真的不知道。"

"我知道，我知道，我知道。"她一迭连声地说。

"志翔是个艺术家，"半晌，他沙哑地开了口，"一个有前途、有未来的杰出青年！我是什么？"他用手捧住她的脸，让她面对着自己。"你看清楚，忆华，看清楚我。我年纪已经大了，嗓子已经倒了，我只是个渺小的工人而已。"

"我看清楚了，"忆华紧紧地凝视他，"我早就把你看清楚了！从我十四岁，站在大门口，你拎着一双破鞋走进来的那一刻起，我心里就没容纳过别的男人！你说我笨，你说我傻，都可以。你在我心里，永远伟大！"

"忆华！""我是害羞的，我是内向的，我也有自尊和骄傲，"她眉梢轻蹙，双目含愁，不胜凄楚地说，"我忍耐着，我等待着。而你，你却逼得我非说出来不可！不顾羞耻地说出来！否则，你会不管三七二十一地把我硬塞给别人了！哦，志远！"她喊，"你多么残忍！"他再也受不了这一切，再也按捺不住心头的狂喜、歉疚。那压抑已久的热情，像突破了堤防的洪水，迅速间如瀑布般奔流宣泄。他低下头来，就紧紧地、紧紧地抱住了她。他的嘴唇，也紧紧地、紧紧地压在她的唇上。在这一瞬间，没有天，没有地，没有宇宙，没有罗马，没有志翔，没有丹荔，没有日内瓦……世界上只有她！那九年以来，一直活跃在他心的底层、灵魂的深处、思想的一隅的那个"她"！

好半天，他放开了她，她脸上绽放着那么美丽的光华！眼底燃烧着那样热情的火焰！他长长地叹了口气。

"我有资格拥有这份幸福吗，忆华？我没有做梦吗？这一切是真的吗？"她低低地说了句："奇怪，这正是我想问你的话!"

"哦!忆华!"他大喊,"这些日子来,我多笨,多愚蠢!我是天下第一号的大傻瓜!幸好志翔被那个见鬼的丹荔迷住了,否则,我会有多后悔呵!"

"为什么——"她悄声问,"一定要把我推给志翔?"

他默然片刻。"我想,因为我自惭形秽!一切我失去的、没做到的事,我都希望志翔能完成!自从志翔来了,我在他身上看到自己的影子,好像是死去的我又复活了。于是,一切最好的东西,我都希望给志翔,一切我爱的东西,也都希望给志翔。"他瞅着她。"不幸,你正好是那个'最好的',又正好是那个'我爱的'!"她啼笑皆非地望着他。

"我简直不知道该为你这几句话生气,还是为你这几句话高兴!"她说。一声门响,老人嘴里叽里咕噜着走进来了。两个年轻人慌忙分开,忆华的脸红得像火、像霞、像胭脂。老人瞪了他们一眼,不经心似的问:"志远,你把我女儿的眼泪治好了吗?""唔。"志远哼了一声。

老人走到墙边去,取下一束皮线,转身又往屋外走,到了门口,他忽然回头说:"志远,咱们这丫头,从小就没娇生惯养过,粗的、细的,家务活儿,她全做得了,就是你把她带回台湾去,她也不会丢你的人。你——这小子!走了运了!可别亏待咱们丫头!"

志远张口结舌,还来不及反应过来,老人已对他们含蓄地点了点头,就走出去了。然后,他们都听到,老人欣慰的、如卸重负的一声叹息。这儿,志远和忆华相对注视,志远伸过手去,把她重新拉进了怀里,她两颊嫣红如醉。抬眼望着志远,她用手轻抚着志远的下巴:"你太瘦了,志远。不要工作得那么苦好吗?爱护你自己的身体吧!就算你为了我!"

一句话提醒了志远,他想起什么似的说:

"哎呀,今天要去取消休假!"

"取消休假?"忆华怔了怔,"即使没有志翔,我们也可以出去旅行的,是不是?"志远抱歉地看着她。"不休假可以算加班,待遇比较高。忆华,我们来日方长,要旅行,有的是时间,对不对?可是,志翔的学费,是没有办法等的,一开学就要缴。"

"他不是去找工作了吗?"

"你真以为他能在日内瓦找到工作?"志远问,"何况,他是艺术家,艺术家生来就比较潇洒,他吃不了苦。我呢,我已经习以为常了。""志远……"她欲言又止。

"别劝我,好吗?"他温和而固执地说,"我已经把原来准备给他的、世界上最美好的那样东西据为己有了,我怎能再不去工作?"她轻叹了一声,无可奈何地望着他。

"志远,你真死心眼,志翔从没有认为我是世界上最美好的,他有他的幸福,他有他的丹荔,你懂吗?你并没有掠夺他的东西,你不必有犯罪感呀!"

"我有。"志远固执地说,"而且,我还有责任感,如果志翔不能学有所成,不是他一个人的失败,是我们兄弟俩的失败!忆华,"他语重而心长,"帮助我!帮助我去扶持他!只有当他成功的时候,我才能算是——也成功了!"

忆华凝视着他,感动地、辛酸地、怜惜地凝视着他,终于,她点了点头,把面颊悄悄地倚在他的胸膛上。

第十六章

志翔在日内瓦,真的找到工作了吗?

是的,正像志远所预料的,他并没有找到工作。但,他的没有工作,并不完全是由于工作的难找。首先,丹荔要负责任,她根本没有真心要给志翔找工作,只是把他弄到瑞士再说。其次,是瑞士的本身,这号称"世界花园"的国家,又一下子就让志翔迷惑了。初到日内瓦,志翔被丹荔安排在日内瓦湖畔的一家豪华旅馆中。"别担心费用,"她满不在乎地说,"这家旅馆我爸爸有股份,我家的朋友来日内瓦,都住在这儿,不算钱的!平常人来住的话,要四十块美金一天呢!"

他很不安,很不愿意,但在日内瓦人地生疏,不住也无可奈何。而丹荔用那么可爱的眼光望着他,用那么甜蜜的声调哄着他,用那么温柔的面庞依偎着他,不住口地说:

"好人!别着急呵!好人,别生气呵!好人,别耍个性呵!好人,你先住着,咱们慢慢找工作呵!好人!找工作以前，你总应该先陪我玩玩吧!""第一件事,"志翔说,"我应该去拜望你的父母!其他的事,我们再慢慢商量!""好吧!"丹荔顺从地说,"你明天晚上来我家!我开车来接你!""你会开车?"他惊奇地问。

"开车、骑马、滑雪、溜冰……我样样都会!我是十项全能!只是念书念不好!你惊奇个什么劲儿?在罗马我本想买辆车的,怕你又嫌我招摇,所以车子也不敢买!唉!"她叹口气,认真地说,"为了你,我连个性都改变了,我想,我真是命里欠了你的!"于是,第二天晚上,志翔终于见着了朱培德夫妇。显然,丹荔已经在父母身上下了相当大的功夫。朱培德夫妇的态度温和、言语亲切,与志翔所料想的完全不同,他们既没有摆长辈架子,也没有仗势凌人的气派。在那豪华的客厅里,他们倒是谈笑风生的,对女儿这个男友,丝毫没有刁难。

事实上,朱培德在见到志翔的第一眼,就已经喜欢上了这个年轻人,高而帅的身材,浓眉大眼,挺直的鼻梁,外形上,就是个漂亮的小伙子!女儿的眼光果然不错!再加上志翔彬彬有礼,应对自如。既不像丹荔以前那些男友那样流里流气、目无尊长,也不像丹荔所形容的是"画呆子""书呆子""雕刻呆子"。他一点也不呆,一点也不木讷,有问有答,坦白而大方。女儿迟早是会恋爱的,朱培德深知这一点。但恋爱的结果是不是婚姻就很难预料了,这一代的年轻人是多变的,这一代的年轻人也是不负责任的,这一代的年轻人更是游戏人生的。对他们而言,"恋爱"也是游戏的一种。可是，朱培德知道丹荔这一次没有"游戏"，非但没有"游戏"，她已经深深陷进去了。这男孩子能让她在罗马住上好几个月，就一定有他特殊的地方。何况，丹荔一回家就说过了：

"爸爸，妈！你们如果给他脸色看，或者找他麻烦，我——我就自杀！"她自幼就知道如何挟持父母，但是，为了男孩子，一再用"自杀"这种严重的字眼，却是第一次。

现在，见到了这个年轻人，又和他谈了话，朱培德有些了解他何以会征服丹荔的原因了，但是，他也使这对父母惊愕而困扰了。"你想在日内瓦找工作吗？"朱培德说，"难道丹荔没有告诉你，在这儿找工作是很难的，别看瑞士是个永久中立国，他们仍然排斥东方人。"志翔对丹荔看了一眼，丹荔缩到她母亲背后去了。

"丹荔说找工作很容易！"

看样子，丹荔是把他骗到瑞士来的，朱培德心里有了谱，他点点头，慢吞吞地说："不忙，让丹荔先带你观光一下日内瓦，工作可以慢慢找，我想，我那银行里可能有办法，你会会计吗？"

"不会。""打字呢？""也不会。""爸！"丹荔插进来说，"他除了画画和雕刻，什么都不会，你给他找一个画画或雕刻的工作。"

"别麻烦了，朱伯伯！"志翔很快地说，"我学的和您所需要的人完全是两回事，我不希望你们因为丹荔，给我安排一个拿薪水而没工作的闲差事。我想，我自己会解决这问题。我今天来，不是来找工作的，是特地来拜访伯父伯母。所以，关于工作的问题,我们还是不谈吧!我看到湖边有许多路边咖啡馆,实在不行,我可以去端盘子!"

"你还可以去砸盘子。"丹荔忍不住,轻声轻语地说了句。

志翔瞪了丹荔一眼,微笑着说:

"在伯父伯母面前,你怎么也不给人留点面子!"

朱培德含笑地看着志翔。

"这就是学艺术的悲哀,"他说,"你知道我学什么的?我以前在剑桥学英国文学,拿到硕士学位,结果我从了商,改了行,在银行界占上一席之地。艺术、文学、音乐都一样,是最好听的名称,也是最不实用的。我说得坦率,志翔,你可别介意。""我不介意。我学艺术,不是为了出路,不是为了生活,而是为了狂热!我疯狂地热爱艺术,它像是我血液的一部分!"

"但是,生活是现实的,有一天,这现实问题会压到你的肩上来。例如,毕业以后,你预备做什么?"

"可能再专门进修雕塑。"

"好,修完以后呢?""就画画、雕塑。回台湾,把我所学的,去教给另一代年轻人。"朱培德怔了。这答案是他在一千个答案里,也不会去选中的。他怔怔地看着志翔,呆在那里。朱太太却有点心慌意乱,凭一个母亲的直觉,她知道丹荔对这男孩子已经认了真。而这男孩子,却要跑到一个遥远的角落里去。

"志翔,"她说,"你很爱台湾吗?"

"那儿是我的家。"志翔坦白地说,"家是什么?家就是你无论离开多久，仍然想回去的地方。而且，或者我自幼受的教育不同，我总觉得，我不能数典忘祖！"

朱培德震动了一下。"你话里有什么特殊含意吗？"他深思地问。

"朱伯伯，您别多心，我知道您已入了瑞士籍，我想，人各有志，您有您的看法，我不容易了解。或者，您觉得，除了瑞士，这世界上没有一片安乐土，事实上，在我看来，瑞士也不见得是安乐土！我是从台湾来的，说真的，在我出来以前，我对台湾也有些不满，现在呢？我只能告诉您，我想它，爱它，不只爱它的优点，也爱它的缺点！因为，只有在那儿，我觉得才是我自己的家乡！"

朱培德凝视着他，真的出起神来了。

这次的见面，不能说是很顺利，但是，也没有什么不顺利。对志翔来说，他并没有安心去讨好朱培德夫妇，他表现的，是十足的他自己。对朱培德来说呢？事后，丹荔这样告诉了志翔："小翔子，你的一篇话，害我爸爸和妈妈吵了一整夜！辩论了一整夜！""怎么了？""爸爸说你很狂，很傲，但是，说的话并不是没道理。妈妈说你只会唱高调，还没有成熟。爸爸主张让我和你自由发展，妈妈主张把我送到澳大利亚去，以免和你再交往。爸爸说女儿要恋爱，送到非洲也没用，妈妈说，女儿和这穷小子恋爱，总有一天会飞得远远的。她不认为非洲和台湾有什么不同。爸爸说妈妈目光短浅，说不定这小伙子大有前途，妈妈说爸爸脑筋糊涂，要断送女儿终身幸福！爸爸说……"她喘了口气，"哎哟，反正爸爸这么说，妈妈就那么说，妈妈那么说，爸爸就这么说……"志翔忍不住笑了起来。

"结论呢？"他问。"结论呀，"丹荔指着他的鼻子尖，"你如果不是好人，就是坏人！你如果不是有前途，就是没前途！你如果和我不是有结果，就是没结果……"

"这不是废话吗？""本来嘛！这种辩论永不会有结论的！又不是法官审案子！"她攀着他的手臂，"我们去湖边饱看天鹅，好吗？我们去游湖去，好吗？你瞧，我为你准备了什么？"她取出一大沓画纸和一盒炭笔。志翔的眼睛发亮了。"啊哈！"他叫，"小荔子！你实在是个天才！"

"瑞士是世界花园，你既然来了，怎么可以不画？"丹荔挑着眉毛说。于是，接下来的日子里，画湖，画花，画天鹅，画古堡，画山，画游船，画花钟，画溪流，画木桥，画纪念塔……时间就在画里流逝，一日又一日。

当志翔惊觉到暑假之将逝，而自己的"工作"仍无踪影时，丹荔用那么可爱的声音对他说："反正，暑假已经快完了，你找到工作也做不了几天！咱们还不如上山去！""上山？""附近你都玩遍了，我们上山去，可以滑雪，可以坐缆车，可以从一个山头吊上另一个山头，包你会喜欢得发疯！在山顶上，你看下来，才知道瑞士真正的美。"

他被说动了，于是，他又上了山。

在山上的小旅馆里，他们一住多日，那山的雄伟，那积雪，那一片皑皑的白，志翔眩惑了，沉迷了。何况，身边有个娇艳欲滴、软语温存的丹荔！她教他滑雪，当他摔了一鼻子雪时,她笑开了天,笑开了地,笑开了那皓皓白雪的山!在那些乐不思蜀的日子里,他偶尔会想到志远,想到在歌剧院里扛布景的志远,想到在营造厂里挑水泥的志远……可是,只要他眉头稍稍一皱,丹荔就会迅速地把嘴唇印在他的眉心上。他又忘了志远,忘了罗马,或者,是强迫自己去"忘"!

欢乐的时光和恋爱的日子,是那么容易飞逝的、迅速的,日内瓦公园中的梧桐树,叶子已经完全黄了,梧桐叶子落了一地。志翔和丹荔下了山,欢乐仍然充溢在志翔的胸怀里。

然后,这天晚上,他走出旅馆,正要去赴丹荔的约会,他答应和丹荔去一家餐厅吃瑞士火锅。可是,才跨出那旅馆的大门,他就一眼看见了一个人,满面风霜地斜靠在旅馆门口的柱子上,穿着一件灰色的风衣,天上飘着些细雨,他就站在雨地里,头发上缀着雨珠,肩上的衣服已被雨湿透。他静静地站在那儿,静静地望着志翔。

这是志远!憔悴、消瘦、苍白、而疲倦的志远!

志翔觉得脑子里轰然一响,惭愧、懊悔、痛楚一起涌上心头,他站着,呆望着志远。好一会儿,兄弟两个就对视着,然后,志远走近了他,轻轻地把手放在他手腕上。

"志翔,已经开学三天了!我找你找得好苦,如果没有机构帮忙,我真不知道如何找你!"他望着弟弟。那么温和,那么平静,"走吧!你该跟我回家了!是不是?"

志翔咬紧了牙,霎时间,惭愧得无地自容。他一句话也没说,就跟着志远走了。

在去罗马的火车上,他写了一张简短的明信片给丹荔,

里面只有寥寥数语：

丹荔：

　　我走了！

　　在哥哥和你之间，我终于选择了哥哥！因为，他代表了真理和至情至性，我何幸而有哥哥，你又何不幸遇到了我！

　　别再到罗马来找我，我们毕竟属于遥远的两个世界！去澳大利亚吧！去非洲吧！

　　祝福你！小荔子！

志翔

第十七章

于是，志翔又恢复了上课，又在素描、油画、水彩，和雕塑中度着日子，他把生活尽量弄得忙碌，他选修了许许多多的学分，本来要用两年才修得完的学分，他集中在一年内全选了。只有忙，可以使他忘记丹荔；只有画和雕塑，可以稍稍医治那内心深处的痛楚。但是，即使这样，他仍然消瘦了，憔悴了，脸颊上也失去了往日的光彩和笑痕。深夜，志远常被他的辗转反侧惊醒，睁开眼睛，志远听着他的蒙眬呓语。于是，志远坐起来，燃上一支烟，这些日子，志远常被胃痛困扰，夜里也是很难熟睡的。他吸着烟，注视着夜色里的志翔，在窗口所透入的、微弱的灯光下，志翔那张睡不安稳的脸显得那么苦恼，那么孤独，这刺激了志远的神经，使他默默地出起神来。他已经拥有了忆华，他将用什么去填补志翔心灵上的空虚？这样想着，他那内疚的情绪就又涌了上来，折腾着他，折磨着他，折腾得他的胃都翻搅了起来。在这种难以再入睡的时光里,他会一支接一支地抽着烟,那烟味弥漫在屋内,终于弄醒了志翔。志翔坐起身子,伸手开了灯,惊愕而担忧地望向他:"哥,是不是胃又痛了?"

"不,不!"他慌忙地说,"我听到你在说梦话!"

"是吗?"志翔倒回枕上,仰躺着,把手指交叉着枕在脑后,他深思地看着天花板。"是的,我在做梦。"

"梦到什么?""梦到……"他犹豫了一下,"梦到很多很多人,很多很多事,梦里的影子总是重叠着,交叉着出现的。梦到爸爸、妈妈,梦到我们小时候,梦到高伯伯和忆华,梦到我的教授和雕刻,梦到……"他的声音低了,咽下去了,他眼前浮起丹荔的眼睛,热烈、愤恨、恼怒而疯狂地盯着他,他猝然闭上了眼睛。志远深深地吸了一口烟,悄悄地望着他。

"听说,你的教授把你那个《少女与马》的铜雕,拿去参加今年的秋季沙龙了,是吗?"

志翔震动了一下。"你怎么知道?""你的事,我怎么可能不知道?"志远微笑着,"你为什么瞒着我?想得了奖之后,给我一个意外的惊喜吗?"

"不,不是的。"志翔坦率地说,"我是怕得不了奖,会让你失望,还是不告诉你的好!"

"你不能没信心!志翔!"志远热烈地说,"你那件雕刻品又生动又自然,我相信它会得奖!"

"瞧!你已经开始抱希望了!"志翔担忧地微笑着,"你知道我的教授怎么说吗?他说,以一个东方人的作品,能有资格参加这项比赛,就已经很不错了!言下之意,是不要我对它抱什么希望!""可是,你仍然抱了希望,是不是?"

志翔沉默了片刻。"人生,不是就靠'希望'两个字在活着的吗?"他低语,"如果我说我没有抱希望,岂不是太虚伪了?"他伸手对志远说:"哥,也给我一支烟!"

志远握住了志翔的手。

"不,我不给你烟!烟会影响你的健康!志翔!"他深沉地、热烈地说,"我知道你好烦好烦,我知道你有心事,我知道你不快活,告诉我,我怎样可以帮助你?"

"哦!没有的事!"志翔懊恼地说,"大概就因为这秋季沙龙的事吧!""放心!"志远紧握了他一下。"你会得奖!"他又摊开志翔的手。"你有一双艺术家的手!标准的艺术家的手!你会得奖!"志翔抽回了自己的手。

"哥!你比我还傻气,我是闭着眼睛做梦,你是睁着眼睛做梦!"他伸手关了灯,"睡吧!好吗?你每次睡不够,胃病就会发!知道不许我抽烟,为什么不也管管自己呢?看样子,我还是要让忆华来管你!"

忆华!志远心里又一阵内疚。

"志翔!"他小心地说,"你不会因为忆华而……"

"哥!"志翔打断了他,"我到罗马的第一天,就知道忆华心里只有你!别谈了!咱们睡吧!"

志远不再说话,暗夜里,他听着志翔那起伏不定的呼吸声,知道他也没有入睡。他有心事,志远知道,绝对不止秋季沙龙的事情!那么,是为了那个不中不西的女孩吧!他摇摇头,强迫自己不去想那个女孩。没关系,只要志翔能得奖!这"奖"必然可以治愈各种病痛!只要志翔能得奖!他兴奋了起来,想着那《少女与马》。那雕刻品又美又生动,那是一个艺术家的杰作,只要评审委员稍有眼光,他一定会得奖,那么,他会是第一个在艺术界得奖的中国人!闭上眼睛,他睡了,这夜,他也有梦,梦里是满天飞舞的奖章、奖状、锦旗和银盾!十一月,消息传来,志翔落选了!非但那件作品没有得奖,它连"入选"的资格都没拿到,它不但落选,而且落得很惨!没有人评论它,没有人重视它。当教授歉然地把那《少女与马》交还给志翔的时候,只说了句:

"不要灰心!继续努力!奖并不能代表什么!"

不能代表什么吗?对志翔来说,却代表了"失败"。坐在小屋里,他打开了志远的香烟盒,燃起了一支,他闷坐在那儿吞云吐雾。志远焦灼地在屋里走来走去。骂艺术沙龙,骂评审委员,骂艺术评论,骂报纸……骂整个罗马有"种族歧视"!最后,他把手重重地按在志翔肩上:

"男子汉大丈夫,能屈能伸!这一点点小失败就把你打倒了吗?站起来,再去画!再去雕!再拿作品给他们看!志翔!你有天才,你有能力!你有狂热!你会成功!你一定会成功!别这么垂头丧气,让一个秋季沙龙就把你的雄心壮志给毁了!我告诉你,秋季沙龙得不了奖,你再参加冬季;冬季得不了,你再参加春季;春季得不了,你再参加夏季!你做下去!画下去!雕下去!总有一天,你会得到重视的!振作一点吧!志翔!"志翔把头埋在手心里,手指插在乱发之中。半晌,他才抬起头来,他的面容憔悴得让人心痛。

"哥哥!"他安安静静地说,"你不要骂罗马的艺术界,我今天去看了那些得奖和入选的作品,它们确实不平凡!我难过,不是为了我没得奖,而是为了我作品的本身,我距离他们还太遥远太遥远。我的作品,只是一个外观的美和精工的雕琢。我早就发现过我的问题,它们缺乏生命,缺乏力的表现!而我,不知道如何才能把我缺少的这些东西加进去!"

志远深深地凝视着志翔。

"志翔,时间还多的是呢!你才来罗马一年多,你希望怎么样?没有一个艺术家能不付代价就成功的!如果你知道自己问题的所在,也就离你的成功不远了!"

"哥哥!"志翔仰望着志远,诚恳地、深沉地说,"在你的嗓子坏了之前,你曾经怀疑过自己的价值吗?我的意思是说,自小,我们被认为优秀,被认为是天才,当你真正看过这个世界,看到这么多成功的人物以后,你会不会发现自己的渺小?"志远迎视着志翔的目光,默然不语,他沉思着。好一会儿,他才走过去,坐在志翔的对面,慢慢地、低低地、清清楚楚地说:"我了解你的感觉。天外有天,人外有人。我们不再是在中学里参加学校的比赛,我们要睁开眼睛来看别人,更看自己,越看就越可怕。我了解,志翔。你问我有没有怀疑过自己的价值,我也怀疑过。可是,志翔,怀疑不是否定,你可以怀疑自己,但不能否定自己!'怀疑'还有机会去追寻答案,'否定'就是推翻自己!志翔,你既然怀疑,你就尽量去追寻答案,但是,千万别否定!"

志翔看着志远,眼里逐渐闪耀起一抹眩惑的光芒。然后,他由衷地、崇拜地说:"哥！你曾经让我感动，让我流泪，让我佩服，但是，从来没有一刻，你使我这么安慰！"

志远笑了，眼眶潮湿，什么话都没说，只是鼓励地、了解地在志翔肩膀上握了一下，那是大大的、重重的一握。

志翔又埋头在他的雕塑里了，志远也努力工作。表面上，一切又恢复了平静，可是，志远却深深体会到，志翔染上了严重的忧郁症，而这病症，却不是他或忆华，或高祖荫所能治疗的，甚至，不是绘画和雕塑所能治疗的。

然后，有一天黄昏，志远从营造厂下完班回来，他心里还在想着志翔，停好了自己的小破车，他钻出车子，拿出房门钥匙，他走上了那咯吱发响的楼梯，立即，他呆住了。

有个身材娇小的少女，正坐在自己的房门口，双手抱着膝，她一动也不动地坐在那儿，短发，小小的翘鼻子，薄薄的嘴唇——像志翔的雕塑品。她穿了件枣红色的绒衬衫，同色的裙子，外面加了件纯白色的小背心，肩上披着件白外套，好出色，好漂亮。志远怔了怔，站在那儿，心里有点儿模糊地明白，在罗马，你不容易发现东方女孩！

那少女慢慢地抬起头来了，她依然坐在那儿不动，眼光却一眨也不眨地望着志远。志远不由自主地一震，这少女面颊白皙，眉清目秀，脸上，没有丝毫脂粉，也无丝毫血色，她似乎在生病，苍白得像生病，可是，她那眼光，却像刀般地锐利，寒光闪闪地盯着他。

"你就是陈志远，是吗?"她问。冷冰冰的，脸上一无表情。"是的，"他答，凝视着她，"想必，你是朱丹荔了！你是来找我,还是来找志翔?"

"我来找你。""找我?"他一怔,用钥匙打开了房门。"进来谈谈,好不好?"丹荔慢吞吞地站起身子,慢吞吞地走进了室内,她站在屋子中间,肩上的外套滑落在地板上,她置之不理,只像座化石般挺立在那儿。志远拾起了外套,放在沙发上,心里有点微微的慌乱,他从来不知道该如何应付女孩子。尤其,是这个女孩子!她神情古怪,而面容严肃。

"你要喝什么?咖啡?"他问。

"免了!"她简单地回答,眼光仍然像寒光般盯着他,"我只说几句话,说完了就走!"

他不由自主地站住了,呆望着她。

"我从没想到我需要来看你,"她冷幽幽地说,声音像一股深山里流出来的清泉,清清脆脆,却也冰冰凛冽,"我是个打了败仗的兵,应该没有资格站在这儿和那个伟大的胜利者说话!可是,我不明白自己是怎么打败的?"她停了停,"我来这儿,只是要问你一句,是谁给了你这么大的权力,让你来当一个刽子手!""刽子手?"他愣住了。

"是的,刽子手!"丹荔说道,冰冷的声调已转为凄苦和绝望,"是谁给了你权力,让你来斩断我和志翔的爱情?难道你是个无心无肝无肺的冷血动物?难道你从来不知道什么叫爱情?陈志远,"她点了点头,"有一天你也会恋爱,你也会碰到一个愿意为你活,也愿意为你死的女孩。希望当你遇到那女孩的时候,也有个刽子手跑出来,硬把那女孩从你身边带走!"她扬了扬头,努力遏止住眼泪。一绺短发垂在她额前,在那儿可怜兮兮地飘动。"你就那么残忍吗?"她扬着睫毛,继续问,"我不懂,你只是他的哥哥,为什么你不能和我和平共存?我们一定要作战吗?我到底妨碍了你什么?"

他深吸了口气,在她那悲苦的质问下有些狼狈了。

"不是妨碍我,而是妨碍他!"他挣扎着回答,"如果你那么爱他,不该让他旷课!不该让他沉溺于享受!一个好妻子,或是爱人,都应该有责任鼓励对方向上奋斗!尤其是他!他是来欧洲读书的,不是来度假的!"

她凝视他,那倔强的神色逐渐从她眼底消失,悲苦的神色更重了,她用牙齿咬着嘴唇,咬得紧紧的,半响,她又开了口,嘴唇上留下了深深的齿痕。

"是这原因吗?"她问,"你可以告诉我,可以教我,我生活在另一种环境里,对'奋斗'的了解太少。可能我很无知,很幼稚,可是……可是……"她的嘴唇颤抖着,眼泪终于夺眶而出。"我的爱情是百分之百的!"她叫着,"我因他的快乐而快乐,因他的悲哀而悲哀!如果我不懂得如何去鼓励他,你可以教我,为什么一定要把我打进地狱?难道我进了地狱,他就能安心奋斗了?"她再扬了一下头,转过身子,她往屋外冲去,志远追过去,一把抓住她。"你到哪里去?""去自杀!"他慌忙拦在门前面。"你不许走!"他粗声地说。

"我为什么不许走?"她愤怒地、胡乱地叫着,"你是他的哥哥,你可以去管他!你又不是我的哥哥!"

"是吗?"他低沉地问,深深地望着她,"迟早有一天,你也要叫我哥哥的,是不是?"

她张口结舌，愕然地望着他，泪珠还在睫毛上轻颤，但是，脸庞上已经闪耀着光彩。他对她点点头，语重心长地说了句："我一直在鼓励他向上，但是，我治不好他的忧郁症。丹荔，你愿意帮助我吗？"她发出一声悲喜交集的低喊，就迅速地回过头去，背对着志远，把整个面颊都埋到手心里去了。

于是，这天志翔下课回来，发现志远正在门口等他。

"我有礼物送给你，志翔。"

"礼物？"他困惑地问。志远微微地推开房门，他望进去，一个女孩背对着门站在那儿，她慢慢地回过头来，悄然地、含羞地、带泪又带笑地抬起了睫毛……"小荔子！"他大叫，冲了进去。

志远一把拉上了房门，听着门里一阵似哭似笑的叫闹声。他轻快地跳下那咯吱发响的楼梯，眼眶发热，喉咙发痒，心里在唱着歌。他决定请一晚假不上班，他要去找忆华，和忆华共享一次罗马的黄昏。

第十八章

生活又走上了轨道。丹荔住回了她的女子公寓,当然,朱培德夫妇又双双飞来了罗马一次,这次,他们不只见了丹荔,也见了志翔。朱培德明知丹荔已一往情深,不可挽救,只能把她郑重地托付给志翔。"志翔,无论如何,你并不是我选的女婿!我不知道该对你说什么好,丹荔是个宠坏了的孩子,不知天高地厚,也不知人间忧患。本来,我把她从香港接到瑞士,是想让她远离苦难,没想到,她却遇上了你!"

"我是苦难的代表吗?"志翔问。

"我不知道你是不是,"朱培德回答,"我只知道丹荔和你认识之后,就和眼泪结了不解之缘。以前,她只懂得笑,而现在,你自己看看她吧!"

志翔望着丹荔,是的,她变了!不再是布什丝博物馆里那个飞扬跋扈、满不在乎的小女孩,她消瘦憔悴,苍白而痴迷,他感到心里一阵绞痛,脸上微微变了色。

"朱伯伯,我或许是苦难的代表。我和你不同,我身上一直扛着一根大石柱……"他想着志远背上的石柱,觉得朱培德绝不能了解这个比喻。他停了停,换了一种说法:"不管我自己有没有苦难,请相信我,我从不想把苦难带给别人,尤其是丹荔!如果丹荔因为我而陷入不幸……"

丹荔一直在倾听,这时,她带着一脸近乎恐惧的神色,扑过来,拦在父亲与志翔的中间,她站在那儿,睁着一对大大的眼睛,紧张地望着朱培德,大声地说:

"爸爸!你少说几句好吗?我告诉你,如果志翔代表的是苦难,离开志翔代表的就是绝望。爸,"她放低了声音,祈求地说,"你让我们去吧!苦难也好,欢乐也好,都是我自找的!我不怨任何人!爸!你发发慈悲吧,我好不容易才把他哥哥收服……""你还要收服他哥哥!"朱培德又惊又怒。"我看,他是世界要人呢!"推开了女儿,他真的被触怒了,瞪着志翔,他问:"你能保证我女儿幸福吗?"

"不能!"志翔简短地回答,"我只能保证我爱她!幸福与否,要她自己去感受!""爱?"朱培德涨红了脸,"人人都会说爱字!爱,只是一句空言,除了爱,你还能给她什么?"

"我这个人!""你这个人很了不起吗?"

"我这个人对你、对这世界,都没什么了不起,我只是沧海一粟。但是,对我自己或丹荔,可能是全部!"他盯着朱培德,"我还有一样东西可以给她,但是,你也不一定珍视这样东西!""是什么?""我的国籍!"

朱培德忽然觉得被打倒了,被这年轻的、乳臭未干的

"小子"打倒了！这男孩只用几个字，就击中了他的要害。他瞪着眼，不知该说什么好。而丹荔已经扑了过来，一把抱住父亲的脖子，她把她那柔软光润的面颊依偎在父亲的脸上，亲昵地、娇媚地、可爱地、温柔地说：

"好爸爸，你别生气哩！志翔这人，说话就是这么会冲人的！好爸爸，你就别再说哩！你把他惹毛了，他就会越说越火的！好爸爸，算我不好，我给你赔罪哩！"

这是什么话？他还会被"惹毛"呢！还会"发火"呢！朱培德又生气，又好笑，又无可奈何！面对丹荔那份半焦灼、半哀求、半撒赖的神情，他知道大势去矣！女儿的心已经被这男孩"掳拐"而去，做父亲的还能怎样呢？而且，当他再面对志翔那张倔强、自负的面庞时，他对这男孩的欣赏与喜爱就又在内心中泛滥了。终于，他叹了口气，把丹荔轻轻地推到志翔怀里，说："好吧！志翔！你们的路还长着呢！希望你和丹荔的爱情，经得起时间的考验！"他望向女儿："丹荔！记住，如果受了气啊，家总是欢迎你回来的！"

就这样，丹荔又留在罗马了。

接下来的一段日子，在感情上，兄弟两个都情有所归，各有所爱。在生活上，却都艰苦得可以。志翔的功课越来越重，每天都忙到三更半夜，雕塑，绘画，艺术理论……他急于要在暑假前，修完他的学分，拿到那张毕业证书。志远却忙于工作，他有他的想法，志翔毕业，并不就代表"成功"，也不代表"完成学业"，他希望志翔能进一步去专攻雕塑，罗马有许多著名的雕刻家，都收弟子。如果志翔能得名师指导，说不定会有大成就！于是，他工作得更苦了。三月以后，歌剧院的季节结束，他就从早到晚都在营造厂做工，从早上八点做到晚上六点！志翔被他的"苦干"弄火了，他叫着说：

"哥！你再这样卖命，我从明天起就休学！你近来脸色越来越黄了，胃病也不治，咳嗽也不治，又抽烟又喝酒，你如果把身体弄垮了怎么办？我告诉你，你再不休假，我明天就不上课！""哈！"志远笑着，"真是物以类聚！"

"什么意思？"志翔问。

"你现在说话，也学会了撒赖，和丹荔一模一样！"

志翔笑了，把手放在志远胳膊上，认真地说：

"别开玩笑，哥。你在营造厂等于是卖劳力，你难道不能找点教书的工作吗？""我没有资历教书，"志远坦白地说，"他们也不会用一个东方教员，假如我不卖劳力，我只能去餐厅打工，那待遇又太少了。你知道，志翔，"他温和地说，"爸爸下个月过六十大寿，我们总得寄一笔钱回去给他们光彩光彩，是不是？两个儿子都走了，他们唯一安慰的时刻，就是收到我们的支票，知道我们兄弟都混得不错的时候。"

"假如爸爸妈妈知道，这笔钱是你卖了命，挑土抬砖去赚来的……""志翔，"志远哑着嗓子叫，严厉地盯着志翔，"你敢写信提一个字……""我当然不敢！"志翔说，"所以，我写回家的信也越来越短了。难怪妈来信说，以前是志远一个人'发电报'回家，现在是和志翔两个人一起'发电报'回家！"他叹了口气，"不过，现在好了，也快挨到我毕业了，等我毕业了，你总没道理再阻止我找工作，那时我们一起做事，积攒一点钱，还清家里为我们所欠的债务，也就该回家了！"

"回家？"志远喃喃地念着这两个字，好像这是好深奥的两个字，他脸上有种做梦似的表情。半响，他才说："志翔，我们到时候别吵架，你毕业之后，还是不能工作！你要把你的雕刻完全学好！所以，我已经想过了，毕业并不能代表成功！你说的，你的雕塑缺少很多东西，我打听了，你可以跟一位著名的雕刻家学雕刻……"

"哥，你疯了！"志翔大叫，"你知道学费有多贵！你知道……""我知道！我都知道！"志远说："可是我坚持这样做，你有天才，你学得出来！至于我呢？你看，我的肌肉还很发达，我的身体还很健康，那一点点工作难不倒我！你如果尊重我……""尊重！尊重！"志翔怒气冲冲地大吼了起来，"我不能再由你来摆布！我再也不听你这一套，我如果继续这样来'尊重'你，就等于是在谋杀你！我跟你说，我决不！决不！决不！""志翔！你要讲理！""讲理？"志翔激动得脸都红了，青筋在额上跳动。"我讲理已经讲够了！不讲理的是你！哥哥，别逼我，这两年来，我生活得太痛苦了，每每想到你是在忍辱负重地栽培我，我就觉得快要发疯了！哥哥！你讲讲理吧！你拿镜子照照，看看你自己，面黄肌瘦，双目无神……"

一声门响，忆华走了进来，志翔住了嘴，愤怒和激动仍然写在他的脸上，忆华诧异地说：

"志翔，你们兄弟两个又在吵架吗？"

"吵架？是的，我们在吵架！"志翔愤愤然地吼着，"忆华，你去对哥哥说，你去跟他讲个明白！如果他再固执下去，再不爱惜他自己的身体，我告诉你！"他忍无可忍地冲口而出，"你在没有成为我的嫂嫂之前，就先要为他披麻戴孝！"说完，他冲出了屋子，砰然一声带上了房门。

忆华看着志远："这是怎么回事？""我要他毕业后去专学雕塑。"

忆华走近志远，用手捧起志远的头，仔细地审视他的脸，然后，她坐在志远身前的地板上，把面颊轻轻地依偎在他的膝上，泪水缓缓地从她眼里溢了出来，浸透了他的长裤。他慌忙用手揽住她的头，急急地说：

"你怎么了，忆华？你别受志翔的影响，我好得很，我真的好得很，最近，也没犯胃痛，也没犯咳嗽，真的！忆华！"

忆华用手紧攥住他的手。

"志远，我并不想劝你什么，我只是想知道，"她呜咽着说，"你这副重担，到底要挑到何时？"

志远用手臂环绕着忆华的头。

"忆华，这么多年了，你还不了解我的个性吗？"

忆华抬起带泪的眸子瞅着他："就因为我太了解你，我才怕……"

"怕什么？""怕……"她用力地、死命地抱住他，"怕志翔不幸而言中！""笑话！你们何苦安心咒我？"志远恼怒地说。

"那么，"忆华祈求地注视着他，"辞掉你的工作，休息一段时间吧,我和爸爸,还有点积蓄……"

"忆华!"志远严厉地打断了她,"你把我当成什么样的人了?你以为我会辞去工作,用你父亲的血汗钱?如果我是这样的男人,还值得你来爱吗?忆华!别提了,我们到此为止!对我工作的事,不许再讨论一个字!听到了吗?"他望着忆华那对凄楚的、深情的眸子,猝然地把她拥在胸前,"对不起,忆华,我不是安心要对你吼叫。放心吧!好吗?我的身体结实得很,我不会让你……"他笑了,开玩笑地说,"当寡妇!"

忆华骤然感到一阵寒战,她一伸手,迅速地蒙住了他的嘴,脸色发白了。志远笑了笑,甩甩头,他说:

"奇怪!就许你们胡说八道,我说一句,你就受不了!"他吻住她,嘴唇滑过她的面颊,溜向她的耳边:"放心,"他低语,"我会为你长命百岁,活到我们的孙子娶孙媳妇的时候!"

她含着泪,却被这句话逗得笑了起来。

"那会是多少岁了?""让我算一算,我今年三十四,明年和你结婚的话,后年可以有儿子了,儿子二十岁生儿子,我五十六,孙子二十岁生儿子,我七十六,曾孙二十岁结婚的话,我是……"他装成一个没牙老公公的声音怪腔怪调地说,"老夫是九十六的人了!老婆子,你说咱们活到九十六,是够呀还是不够呢?"

忆华忍俊不禁,终于扑哧一声笑了出来,含羞地把头藏进了他的怀里。

第十九章

终于,来到了这一天,志翔毕业了。

怎样的安慰,怎样的欢乐,怎样的狂喜啊!当志翔拿到了那张毕业证书,听到一片恭贺之声,看到志远含泪的注视,和听到他那发自内心深处,和泪呼出的一声意大利文:

"里千加多(Licenziado)!"

这句话翻成中文的意思是"硕士",事实上,在意大利,艺术没有"硕士""博士"等学位可拿,这只是一个称谓而已。但是,要博得这声称谓,却要付出多少代价!志翔的眼眶不由自主地发热了,不为了自己,而为了那"望弟成龙"的哥哥!艺术学院的毕业典礼是很简单的,或者,学艺术的人本身就不喜欢拘泥于形式,因此,除了取得一纸证书外,并没有什么隆重的仪式。但,当晚,在高祖荫家里,却是灯烛辉煌的。忆华烧了整桌的菜,开了一瓶香槟、一瓶白兰地。这也是丹荔第一次正式拜访高家。

丹荔穿了件大领口的白色麻纱衬衫，领口和袖口都绣满了花朵，下面系着一条红色拖地的长裙，头发上绑了根绣花的发带，耳朵上坠着副圈圈耳环。颇有点吉卜赛女郎的味道。她笑，她叫，她喝酒，既不腼腆也不羞涩，大方灵巧得让人眩惑。忆华呢？穿了件浅蓝色有小荷叶边的长袖衬衫，蓝格子的长裙，依然长发垂肩，依然恬静温柔。她不大说话，却总用那对脉脉含情的眼光看着志远。高祖荫开怀畅饮，喝得醉醺醺的，一面悄然地打量着这两个女孩，不能不赞叹造物者的神奇！它造出迥然不同的两个少女，造出迥然不同的两种美，然后，再把她们分配给一对最杰出、最优秀的兄弟！

志翔捧了一满杯的酒，绕过桌子，走到志远的面前，他双手捧杯，满脸激动，眼睛灼灼发光，喉咙哽塞地说：

"哥哥！我敬你一杯！为了——一切的一切！"他仰头把酒杯一饮而尽。"志翔，"志远已经有了三分酒意，举起自己的杯子，他也一饮而尽，"你不要敬我，我应该敬你，今天，你知道你完成了什么事吗？你完成了我十年来的期望！十年的异地流浪，十年的天涯漂泊……志翔！如果没有你，我这一生是白活了！我敬你一杯！"他又举起杯子。

忆华悄悄地握住了他的手腕。

"我代你敬好吗？"她柔声问，"你已经喝得太多了！"

"忆华，"志远眼眶潮湿地望着她，"今晚，你就让我放量一醉吧！人生难得几回醉！你知道吗？这个喜悦的日子，是我期待了十年的！十年，多么漫长的一段岁月！我怎能不醉一醉呢？"他再干了杯子。

丹荔笑意盎然地站起来，对志远说：

"我也敬你一杯！为了化敌为友！"

"你吗？"志远瞪着她，"既然是敬我，丹荔，你总得称呼我一声吧！""那么，"丹荔调皮地说："我叫你一声：真理先生，至情至性先生！""这是个什么怪称呼？"志远愕然地问。

"问他嘛！"丹荔指着志翔，"他说你是真理，你是至情至性，而我是魔鬼，是撒旦……"

"小荔子！"志翔喊，"谁说你是魔鬼是撒旦了？又睁着眼睛说瞎话！还不赶快罚酒！"

"罚酒就罚酒！"丹荔洒脱地干了杯子，把杯子对志翔照了照，笑着说，"我喝醉了你倒霉！上次在日内瓦的时候，我参加一个宴会，大家把我灌醉了，结果你猜我做了件什么事情？""什么事？""我吻了在座的每一位男士！"

志翔差点把一口酒喷出来，他慌忙抓住丹荔的杯子，连声说："好了！好了！你喝够了！"

老人呵呵大笑了起来。

"志翔，何不让她醉一醉呢，我这老头儿，已经好久没有人吻过了！""是吗？"丹荔扬着眉毛，天真地问。"我不醉也要吻你！"她直飞到老人身边，在他面颊上亲热地、恳切地、热烈地吻了一下，认真地说："我一看你就喜欢，你那么慈祥，那么亲切！比我的爸爸还慈爱！"

"哎唷！"老人乐得眉开眼笑、手舞足蹈了，"怎么人长得那么漂亮，嘴也那么甜呢！难怪志翔要为你发疯了！志翔！"他重重地敲了志翔的肩膀一记，"你好眼光！"

"好，丹荔，我呢？"志远也笑着问。

"你呀，你不行的！"丹荔笑嘻嘻地说，"你是忆华姐姐的专利品！我还没有醉到那个程度呢！"

"那么，你这杯酒敬不敬呢？"

"敬呀！"丹荔再次端起了杯子。

"不忙，"志远说，"咱们间的称呼问题还没解决，你自己说，你应该叫我什么？""好啦！"丹荔的脸颊已被酒染红了。她笑吟吟地举起杯子，一面干了杯，一面盈盈拜下，清脆地喊了声："哥哥！"喊完，她再斟满杯子，一转身就面对忆华，朗声说："敬了哥哥，可不能不敬嫂嫂！嫂嫂，你也干一杯吧！"

这一来，忆华弄了个面红耳赤。她可没有丹荔那么豪放与不拘形迹，慌忙跳起身来，她躲之不及，手足失措，简直不知道该怎么办好，而已经从面孔红到耳朵上去了。老人一看这情形，就呵呵大笑了起来。丹荔却决不饶人，仍然在那儿左一句"嫂嫂"、右一句"嫂嫂"，甜甜蜜蜜、亲亲热热地喊着："怎么？嫂嫂，你不给我面子啊？嫂嫂，我敬你，你也得喝一杯呵。嫂嫂，以后我有不懂的地方，你要多教我呵！嫂嫂，志翔说你是最中国化的女孩，你要指正我呵，嫂嫂。"

"好了！忆华，"志远大声地说，"我弟媳妇诚心诚意地敬你，你就喝了吧，难道你这个'嫂嫂'还当不稳吗？前一阵，我们连孙子娶孙媳妇的事都讨论过了，你现在怎么又害起臊来了！""哎……哎呀！"忆华喊，脸更红了，"志远！你……

你这个人怎么了吗?"这一下,满屋子的人全笑开了。一屋子的笑声,一屋子的闹声,一屋子的酒气,一屋子的喜气。大家在这一片喜气与笑声中,都不知不觉地喝了过量的酒,不知不觉地都有了醉意。事实上,酒不醉人人自醉,在没有喝酒之前,大家又何尝没有醉意!这原是个天大的、天大的、喜悦的日子!

夜静更阑的时候,连老人都半醉了。丹荔忽然提议驾着志远的小破车,去夜游罗马市。

"我们全体去,一直开到国会广场,给那罗马女神看看我们的'里千加多'!"一句疯狂的提议,立即得到疯狂的附议。丹荔那浑身用不完的活力,一直对周围的人群都有极大的影响力量,连那轻易不出大门的老人,都被丹荔硬拖了起来。

于是,一群人都挤进了志远的小破车,那破车那么小,载着五个人简直有人满之患。志远发动了车子,踩足油门,车子一阵摇头喘气,车头直冒白烟,发出好一阵子又像咳嗽又像喷嚏的声音,赖在那儿没有前进的意思。志远用手猛敲方向盘,用脚猛踹油门,嘴里叫着说:

"这车子八成也想喝杯酒!又没伤风感冒,怎么直咳嗽呢?"丹荔把手伸出车窗,挥舞着手臂,大声地叫:

"唷呵!小破车!前进!小破车!发动!小破车!"

那车子好像听命令似的,突然大跳了一下,就往前猛冲而去。于是,一车子都欢呼了起来,叫万岁,叫加油,叫"妈妈米亚"!车子滑过了罗马的街头,经过了巴列泰恩山岗,经过了罗马废墟,经过了康斯坦丁拱门,经过了古竞技场,经过了维纳斯神殿……罗马的广场特别多,每个广场都有四通八达的道路,车子一经过广场,车里的人就伸出手来表示遵行方向。可是,这一车疯狂的人啊!伸出了四五只手来,每只手都指着不同的方向,那可怜的路警,简直被弄昏了头了,而车子却"呼"的一声,冲向了根本没有指示的那个方向。

车子飞快地疾驶,幸好已是夜深,街上车少人稀。那车子显然不胜负荷,每当它略有罢工的趋势,丹荔就扬着手臂大叫:"唷呵!小破车!前进!小破车!加油!小破车!"

小破车似乎不敢不听命令,居然摇头喘气地又往前冲去了!于是,丹荔就唱起歌来,唱起一支幼儿园孩子常唱的儿歌"火车快飞!"可是,她把歌词略略改变了:

> 破车快飞!破车快飞!
> 穿过罗马,越过废墟,
> 一天要跑几千里!快到家里!快到家里!
> 爸爸妈妈真欢喜!

由于这歌曲容易上口,一会儿,满车子的人都在重复地唱着"破车快飞,破车快飞"了!这辆车子就这样飞呀飞的,一直飞到了国会广场。

一个急刹车,破车停了,满车的人,欢呼着从车子里冲了出来。他们对着那执矛的罗马女神大呼小叫,对着马卡斯·奥理欧斯的铜雕"示威"。志远把志翔推到那些雕像前面去,大叫着说:"今天,是我们瞻仰你!后世,是别人来瞻仰志翔的雕塑品!"他醉醺醺地对那雕像大声解释,"志翔!陈志翔!你知道吗?这是个中文名字,你知道吗?"

"哥哥,你醉了!"志翔跌跌撞撞地去拉他,自己认为没有醉,却不知道为什么一直在那儿傻呵呵地笑着。"哥哥,你别叫!"他笑不可抑,"它是石头,它听不见你的声音!"

"它听得见的!它是神,它怎么听不见!"志远强辩着,继续对那雕像挥拳、示威、大呼小叫。丹荔笑得把头埋进了志翔的怀里。忆华喝得最少,是所有人中最清醒的一个,她不住跑去拉志远的手,志远就像车轱辘般打着转,不停地呼叫:

"米开朗琪罗,米先生,米大师!你也来认识认识我弟弟!罗马之神,埃曼纽,各方无名英雄,恺撒,尼禄,派翠西亚……你们统统来,今晚,是我陈志远请客!我陈志远为弟弟摆了一桌酒席!你们来呀!来呀……"

"志远!"忆华挽着他的手臂,抱他的胳膊,"你们要把警察闹来了!你们要把全街的人都吵醒了!"

"全街的人吗?哈哈!"志远笑着说,"这儿的'人',只有我们,除了我们,只有罗马的神灵,和罗马的鬼魂,今晚,是一次人、鬼、神的大聚会!哈哈!忆华,你知道吗?"他捏着她的下巴,忽然不笑了,认真地说:"今天的人,是明天的鬼,是后天的神,你懂吗?人类的定律就是这样的!像张飞,像关公,都走过这条路。我们,也要走这条路……"

老人坐在议会厅旁的梯阶上,一直在那儿反复地唱着"破车快飞",他显然对这支歌儿着了迷。

破车快飞!破车快飞!
穿过罗马,越过废墟,
一天要跑几千里!快到家里!快到家里!
爸爸妈妈真欢喜!

他忽然把白发萧然的头埋在臂弯里,哭了起来。忆华慌忙抛开志远,跑过来抱住父亲的头。

"爸爸,怎么了?"她问。

"快到家里!快到家里!"老人模糊地念着,"我要回家,我想回家!""好的,爸爸,"忆华急急地说,"咱们就开车回去!你起来,咱们回家去!""我说的不是罗马的家,"老人呜咽着,"我真正的家!"他又低唱了起来:"破车快飞,破车快飞……一天要跑几千里!快到家里!快到家里!爸爸妈妈真欢喜……"

忆华呆住了,愣了,不知道要怎么好。就在这时候,她听到志翔的一声惊呼:"哥哥!你怎么了?"她回过头去,正好看到志远倒向那巨大的铜雕,她尖叫了一声,志翔已一把抱住了志远。忆华奔了过来,俯下身子,她看到志远那张惨白的面庞,仰躺在志翔的怀抱中,他还在微笑,在喃喃地说:"志翔,你是个大艺术家!"

说完，他的眼睛闭上了。忆华惊叫着：

"志远！志远！志远！你是醉了，还是怎么了？"

丹荔拖住了忆华。"快！我们要把他送医院！他病了！我来开车！快！"

第二十章

志远慢慢地清醒了过来。

睁开眼睛,他触目所及,是一瓶葡萄糖的注射液,正吊在床边上,他有些模糊,有些困惑,这是什么地方?他动了动,有只温柔的手很快地压住了他,接着,忆华那对关怀的、担忧的、怜惜的大眼睛就出现在他面前了。他蹙蹙眉头,想动,但是,他觉得浑身一点力气都没有。他望着忆华,喃喃地问:"我在什么地方?""医院里。"医院里?他转头看过去,白色的墙,白色的床单,白色的布幔,白色的屋顶,一切都是白色的。他的手臂被固定在床上,那瓶注射液正一点一滴地注射进他的血管里去。他搜索着记忆,最后的印象,是自己正在国会广场前面对马卡斯·奥理欧斯的铜像演讲,怎么现在会躺在医院里?他狐疑地看着忆华。"我怎么了?"他问。"你病了。"忆华轻声说,握住了他的手。"医生说,你要在医院里住一段时间。""胡说!"他想坐起来,忆华立即按住了他。"别动,你在打针。""为什么要打针?"他皱紧了眉,努力回忆。"我们不是在庆祝志翔毕业吗?我们不是在国会广场吗?对了,我记得我喝了很多酒,我不是病了,我是醉了。"

"你是病了。"忆华低语,凄然地看着他,"庆祝志翔毕业,已经是三天前的事了!""什么?"他睁大了眼睛。

"你在医院里已经躺了三天了,整整的三天,你一直昏睡着。"她用手轻轻地抚弄着他的被单。

"我——害了什么病?"他犹豫地问。

"医生还在检查!""还在检查?"志远不耐烦地说,"换言之,医生并不知道我害了什么病。我告诉你……"他又想起身,但是,周身都软绵绵的不听指挥。他心里有些焦灼,许多年前的记忆又回到眼前,山崩了,雪堆压下来,他被埋在雪里……他摇摇头,摇掉了那恐怖的阴影。"我只是喝多了酒!"

"不,你不是。"忆华说,"医生已经查出来的,是你的胃,胃穿了孔,医生说,一定要动手术,可是……"她迟疑了一下,终于说了出来。"你的肝发炎了,必须先治好你的肝炎,才能给你动手术。""你是说,我害了肝炎,又害了胃穿孔!"

忆华轻轻地点头。"那么,你为什么说医生还在检查?"

"是……是……"忆华嗫嚅着,"医生说,还要继续检查别的部位!"他颓然地倒在枕上,心里隐约地明白,一场大的灾难来临了。他那昏沉沉的头脑,他那不听指挥的四肢,他那一直在隐隐作痛的胸腔,和他那种疲倦,那种无法挣扎的疲倦，都在向他提醒一个事实，是的，他病了！不管他承认或不承认，他是病了！躺在这儿，不能动，不能工作，像一个废物！他深吸了口气，面对忆华。"志翔呢？""他……他……他找工作去了。"

"找工作？"他又想冒火，"我跟他说过……"

"志远！"忆华柔声叫，哀伤地、祈求地望着他，"你别再固执了好不好？医生说……你……你在短时间之内，根本不可能出院。志翔已经毕业了，他很容易找到一个他本行的工作，你就安心养病，别再操心了，好不好？求求你安心养病吧，为了我！好吗？"志远注视着忆华那对盈盈含泪的、哀求的、凄苦的眸子，他的心软了，叹了口气，他抬起那只没有注射的手来，轻轻抚摸她的头发，他的手有一千斤重，只一霎，那只手就软软地垂下来了。他低语："放心，忆华，我很快就会好起来。"

忆华含泪点头，不知怎的，他觉得她的眼光好悲哀、好无助、好凄凉、好惨痛。可是，他无力于再追问什么，疲倦像个巨大的石块，压在他的眉毛上、眼睛上、胸口上、四肢上，闭上眼睛，他又慢慢地睡着了。

不知道睡了多久，他的意识又活动了，蒙眬中，他听到有人在悄声低语，他没有睁开眼睛，已听出那是志翔的声音，在低声说着："……总之，已经是千疮百孔，病源不是一朝一夕了。也怪我太疏忽，早就该强迫他来医院了。反正，现在不能动手术，必须等到他……"志远的眼皮眨了眨，志翔立即就住了口。志远睁开了眼睛，看到志翔站在面前，他那张年轻的、漂亮的脸孔，正对着自己勉强地微笑。在他身边，是充满了青春气息的丹荔，睁着双大大的眼睛呆呆地望着他。他想起那高歌"破车快飞"的丹荔，为什么她今天不笑了？不神采飞扬了？他的眼光掠过了丹荔，忆华依然坐在那儿，却面有泪痕，担忧地瞅着他。室内，灯已经亮了，这是晚上了。

"哥，"志翔俯下头来看他，故作轻快地说，"这下好了！老天强迫你要休息一段时间了！看你还能逞强吗？就是机器人也得休息上油的呀！"志远勉强地笑笑，望着志翔。

"听说你在找工作，找到了吗？"

"是的。""什么工作？""在……就在我的母校当助教，我想，这样最好，教学相长，我仍然可以不丢掉我的艺术。"

志远点了点头，心里安慰了好多。

"待遇不高吧？"他说，"我知道助教的工作都很苦的。但是，没关系，能够不离开本行就最好。"

"我也是这样想，而且，我的教授又介绍了两个美国孩子给我，我教他们初步的素描，算是家庭教师，待遇反而比学校多。""这样，你岂不是太忙了？"

"虽然忙，倒并不苦，"志翔说，"只是晚上要当家教，比较不自由而已。"志远深深地凝视他："现在在放暑假，助教也有工作吗？"

"所以大家都不愿意当助教，教授和讲师都有暑假，只有助教在假期里也要上班，台湾的助教也是这样的。"

志远叹了口气。"好吧！看样子，你要苦一阵了。"他苦笑了一下。"志翔,到底医药费需要多少?""哥,你能不能少操点心?"志翔问。微笑地望着他,"套用一句你常说的话,我负担得起!"

志远笑了。虽在病中,却还有说笑话的兴致。

"志翔,我看,咱们哥儿两个,有点苦命!不是我要养你,就是你要养我!本来,我还想送你去学雕刻的!"

"哥,雕刻可以自修,我所学的已经够了,剩下来的只是自己去努力而已。""那么,别丢掉它!"志远深刻地说,"随时随地,你要自己磨炼自己!"他望向丹荔,笑着:"丹荔,你今天怎么这样沉默?"丹荔注视了他好一会儿,猝然间,她俯头在他面颊上吻了一下,眼眶红红地说:"哥哥,你要快些好起来!""第一次,你这声哥哥叫得心悦诚服!"志远笑笑说,伸手握住忆华的手,他的面容忽然严肃了,"好了!忆华,你们坦白告诉我,我不希望自己被蒙在鼓里,我的病很严重吗?"

大家都怔住了,片刻,忆华才轻声说:

"并不是严重,只是,你要休养很久很久。"

"哥!"志翔咬咬牙说,"我告诉你吧,你的胃已经溃烂了,要动手术切掉一半,现在没办法动手术,因为你的肝有病,你的肺有病,你的心脏也有病!你严重贫血而又营养不良!一句话,你全身都是病!你问严重不严重?是的,很严重!我和医生研究你的病情,研究了好久了!除非你心无杂念,安心静养,住在医院里打针吃药,六个月以后,可以考虑给你开刀,否则,你就要一直在医院里住下去!"

志远睁大了眼睛，望着志翔，好一会儿，他们彼此都不说话，只是对视着。然后，志远点了点头，闭上了眼睛，他轻声说："好，我懂了，我想睡一下。"

志翔和丹荔走出了病房，一出房门，志翔就痛苦地把背靠在墙上，仰首望天，默然不语。丹荔抱住了他，把面颊偎在他肩上，她说："小翔子，让我帮你！我回去问爸爸要钱！"

"不许！"志翔说，"如果你爱我，不许再提回去要钱的事！永远不许！我告诉你！我们兄弟一无所有，只有这股傲气！我会挺下来！我会！只要哥哥也能挺下去！"

于是，志远在医院里住下去了。打针、吃药、葡萄糖、生理食盐水……每天的医药多得惊人，志远不用问，也知道这笔医药费一定为数可观。忆华天天来陪他，从家里捧来鸡汤、猪肝汤，和他爱吃的各种食物。老人也几乎天天来，每次来，总是握握他的肩胛骨，说一句：

"好像壮了点，气色也好多了！"

他并不觉得自己壮了点，在医院里住下去，他越住就越消沉，越住就越苦闷，他感到自己像个被囚入牢笼里的困兽。每天躺在床上，无所事事的日子使他要发疯，随着日子的消逝，他变得脾气暴躁而易怒。他怪忆华烧的食物不够精致，怪老人骗他而说他强壮了点，怪志翔每次来看他都是敷衍塞责，坐不了几分钟就跑。"我告诉你吧，忆华！"他愤愤然地吼着，"志翔心里根本就没有我这个哥哥！他只知道谈他的恋爱，所有的时间都拿去陪丹荔！他就没耐心坐下来和我好好谈谈！他是个没心肝的人！而且没志气！毕业这么久了，他雕刻出一件作品没有？我是生了病，他呢？他呢？他是个没心没肝的浑球！"

忆华用手轻轻地把他按回床上，眼泪慢慢地沿脸颊滚落，她抽噎着，轻声地说："别怪志翔，他太忙了。"

"忙！忙！当助教能有多忙？"志远咆哮着，看到忆华的眼泪，他又转移了目标，"你怎么有这么多眼泪？你能不能不哭？等我死了之后你再哭？"

忆华背过身子去，悄然擦泪。于是，志远一把拉过她来，用手紧紧地抱住她，沉痛地说：

"原谅我，忆华！我快发疯了！这样住在医院里，我真的要发疯了！忆华，我不好，你别哭吧！"

忆华把面颊紧紧地靠在他的胸前。

"我不哭，"她喃喃地说，"只要你好好养病，我不哭，我要学你们兄弟两个，我不哭！"

兄弟两个？志远心里微微一动。

这天晚上，志翔和丹荔一起来了。显然忆华已经告诉了他，志远在发他的脾气，他一进门就道歉。

"哥，对不起，我又是这么晚才来。我的学生一直缠着我，又要学版画，又要学雕塑……"

"雕塑？"志远的火气又往上冒，"我病了这几个月，没有监视你用功，你自己就不知道努力了吗？雕塑？你倒告诉我，这些日子来，你雕了什么东西？"

"哥哥！"志翔赔笑地说，"我不是不雕塑，我只是没灵感……""灵感！"志远在床上大叫，"你有灵感陪丹荔赏月聊天,谈情说爱吧!""哥哥!"丹荔往前一站,扬着头,忍无可忍地喊,"你别含血喷人!你根本什么都不知道!你冤枉人!小翔子和你在一起的时间远超过我,我要见他比登天还难,从来,他心里的哥哥就比我的地位高……"

"小荔子!"志翔一伸手把丹荔拉到后面来,"你不能少说几句吗?你不知道哥哥在生病吗?"

"生病就有权利乱发脾气吗?"丹荔含泪问,"他病的是身体,总不会影响他的头脑吧?我看他……"

"小荔子!"志翔厉声地喝阻她,"住口!"

丹荔愣住了,呆呆地站在那儿,呆呆地仰望着志翔,然后,一跺脚,她往门边冲去,哭着说:

"我累了!我再不愿和你哥哥来抢你了!"

"小荔子!你敢走!"志翔色厉而内荏,"你敢在这种时候负气而去,我们之间就完了!"

丹荔僵在门口,正犹豫间,忆华已迅速地跑了过来,一把拉住了她,忆华把她拥进了自己怀里。

"丹荔!看在我的面子上吧!"她喊着,"遇到这样一对兄弟,是我们两个的命!你难道真忍心走吗?"

丹荔把头埋进了忆华怀里。

这儿,志远愕然地看着志翔:

"我不懂,她为什么要发这么大的脾气?"

"哥!"志翔走近志远,坐在床沿上,"你别生她的气,这些日子来,大家的情绪都不好!哥,"他安慰地拍拍志远,"你放心,我会去雕塑,我不会丢掉我所学的!"

"志翔,"志远一把握住了他的手,"你别辜负我!你是个艺术家,你有一双艺术家的手……"他摊开志翔的手,顿时间,他呆住了。这是一双艺术家的手吗?这手上遍布着厚皮和粗茧,指节粗大,掌心全是伤痕和瘀紫,粗糙得更胜过自己的手!而且,那指甲龟裂、手腕青肿,他做了些什么?志远惊愕地抬起头来,一眨也不眨地盯着志翔。心里有些明白,却不敢去相信,他喃喃地、悲痛地说:

"你这还是一双艺术家的手吗?"

丹荔挨了过来,到这时,她才低低地、委屈地说:

"你现在该明白了,他什么时候当过助教?什么时候收过学生?那么仓促的时间里,你叫他哪儿去找工作?何况,你也知道,欧洲最贵的是人工!所以,他接收了你的工作!只是,做得更苦!你下午才去营造厂,他早上就去,从早上八点工作到午后六点,晚上,再去歌剧院抬布景!他工作得像一只牛,才能负担你的医药费!他并没有为我浪费一分钟!"

志远紧紧地盯着志翔,泪水冲进了他的眼眶,模糊了他的视线,一阵心酸,使他什么话都说不出来。志翔握紧了哥哥的手,他的眼眶也是潮湿的,但是,他的唇边却带着个微笑,好半响,他才说:"哥哥!你没当成大音乐家,或者,我也当不成大艺术家!但是,在海外,在这遥远的天边,我们毕竟塑造了一样东西:我们塑造了爱!"低下头,他看到了自己的手,那遍是厚皮和粗茧的手,他也看到了志远的手,也是遍布了厚皮和粗茧!这两双交握着的、粗糙的手!在共同雕塑着人与人间的爱!一道灵光在他脑中迅速闪过,他要雕塑这两双手!

第二十一章

夜静更深。志翔在自己的小屋里，埋头揉弄着那些黏土，他做出了一只手、两只手、三只手、四只手的粗坯。那粗大的指节，那布满厚茧的手掌，那龟裂的手背……呆了呆，他忽然想起老人的手，那被皮革染了色的手掌，那全是皱皮和脉络的手背，那虽然苍老却仍然有力的手指！他抛下了自己的工作，扬着声音喊："小荔子！"丹荔正蜷缩在那张长沙发上，本来，她是靠在那儿和志翔谈话的，但是，久久，志翔只是埋头在那一堆黏土之中，对她的话毫不在意，她无聊极了，倦极了，终于蜷缩在那儿睡着了。听到志翔的呼唤，她在睡梦里猛然一惊。她正在做梦，梦里，父母流着泪在劝她回家，回到父母温暖的怀抱里去，何必要在这儿吃苦受罪，被这两个"坏"脾气、"硬"骨头的兄弟折磨！于是，她哭着奔向母亲，奔向父亲，奔向那有"世界花园"之称的日内瓦！正在奔着奔着，志翔的一声"小荔子"像当头棒喝，她

一惊而醒,浑身冷汗,从沙发上直跳了起来,她对志翔伸出手去,惊惶地喊:

"小翔子!我不要离开你!我不要!即使是跟你吃苦受罪,我都心甘情愿!小翔子,不要让妈妈爸爸把我抢走,我是你的!我是你的!"志翔愕然地瞪视着这一双伸向自己的手,纤柔,秀丽,细腻,光滑,可是,如此纤弱的手,怎么有如此强大的、呼唤的力量!他走过去,双目发直,他握紧了那双纤纤玉指,低下头,他审视着这双手,仔细地,专心地,带着种不可解的感动的情绪,他审视着这双手。丹荔完全清醒了,她困惑地凝视志翔,轻蹙眉梢,她喊:

"小翔子!你在干什么?"

志翔抬起头来,他的脸色发红,眼睛发光,满脸都是激动的、兴奋的、热烈的光彩。他盯着她,然后,把她紧抱在怀里,他吻了她:"小荔子!你知道人类的成功、爱心、命运、力量……都在哪里吗?都在我们的手里!小荔子,"他用他那满是泥土的、肮脏的大手,把她那纤柔的小手紧合在掌心中,"你以后再也不要恐惧,再也不要怀疑,你在我的手里,我也在你的手里,我们的命运,在我们两个的手里!我们这一群人的命运,在我们这一群人的手里!"他再吻她,虔诚而严肃。"小荔子!我爱你!"丹荔的眼眶里含满了泪,她并不太能体会志翔这番话的意义,可是,她却感染了他的兴奋,感染了他的激动,和他那创作热诚中所发的光与热。她抚摸他那乱糟糟的头发,那没有刮胡子的下巴,和那粗糙的手指,她在他额上印下深深的一吻。掀开盖在身上的毛毯,她说:

"我想，你今夜是不准备睡觉了，我最好去帮你煮一壶浓浓的热咖啡！"她站起身来，去煮咖啡。他呢？又回到自己所塑造的那两双手上。一个新的形象迅速地在他脑中诞生，成形。他拿起那粗坯，揉碎了它，又重新塑起。

　　丹荔送了一杯热咖啡在他的桌子上，他视而无睹，继续疯狂地工作着。丹荔望望那堆貌不惊人，几乎是丑陋的黏土，心里朦胧地想着，或者，这就是她以后的生活。黏土、雕塑、狂热、一个心不在焉的丈夫……你即使从他身旁走过，他也不见得看到了你。可是，在他内心深处，你却是他力量的泉源。想到这儿，她忽然觉得自己的稚气，已远远地抛开她而去，一个崭新的、成熟的、新的"自我"在刹那间长成了。她在沙发上拥被而坐，痴痴地望着他，这个男人！他不见得会成为伟大的艺术家，他不见得会名闻天下！而这个男人，已塑造了她整个的世界！靠在沙发中，她带着一份几乎是心满意足的情绪，酣然入梦，这次，梦里没有日内瓦，没有"世界花园"，只有志翔的手——那紧握着自己，给她力量，给她温暖，给她爱，给她幸福的那双手！一觉睡醒，早已红日当窗，她翻身而起，一张纸条从她身上飘落下去，她拾起来，上面是志翔潦草的字迹：

小荔子：
　　我去上班了。你睡得好甜好美。我爱！你不知道你给了我多大的欢乐与力量！
小翔子

她读着这纸条,一遍又一遍,泪水满溢在眼眶里。然后,她跳起来,跑到桌子旁边,去看他连夜工作的成绩。刹那间,她呆住了。在桌子正中,放着一件黏土塑造的粗坯。这是件奇怪的作品,是件不可思议的作品!这是五双手!男人的、老人的、女人的,一共十只手,都强而有力地伸往天空,似乎在向天呼吁什么,也似乎要向那广阔的苍穹里抓住什么,更似乎是种示威,是种呐喊:这世界在我们手里!这世界在我们手里!这世界在我们手里!丹荔感动地、虔诚地在桌前坐了下来,一眨也不眨地望着这些手,一刹那间,她明白了很多很多,这些手,有志远的,有志翔的,有老人的,有忆华的,也有她的。她含泪望着这粗糙的原坯,想着志翔夜里对她说的那篇话:

"小荔子,你知道人类的成功、爱心、命运、力量……都在哪里吗?都在我们的手里!"

这就是我们的手!这就是!她静静地凝视着这件雕塑品,那感动的情绪,在心灵深处激荡,而逐渐升华成一种近乎尊敬与崇拜的感情。接下来的很多日子,志翔狂热地塑造这"手",做好了粗坯,又忙于翻模,再加以灌制,他仍然认为只有铜雕,才能显示出这种"力"和"生命"的表现。他夜以继日,不眠不休地工作,到春天的时候,他终于完成了这件作品!那些手,有粗糙的,有细致的,有老迈的,有年轻的,却都带着生命的呐喊,伸向那广阔的苍穹。

在志翔完成这件作品的同时,志远也面临着生命的挑战。这天,医生把志翔和忆华都找了去,做了一番恳切的谈话:"我必须尽快给他动手术,他的胃已经影响了肠子,再不开刀,将不可收拾。可是,他目前的身体状况,像一具空壳,我们虽然尽力给他调养,但无法弥补他多年来的亏损,肺上的结核菌已经控制住了,但,心脏的情况太坏,目前动手术,也可能会造成最坏的结果!"

"您的意思是,"志翔深吸了一口气说,"不动手术,他是苟延残喘,终有一天会油尽灯枯。动手术,有两个结果,一个是从此病愈,一个是——从此不醒。"

"是的!"医生说,"所以,你们家属最好做一个决定,是动手术,还是不动手术!"

志翔和忆华交换了一个注视,忆华的眼里有泪光,但是,她对志翔轻轻点头,志翔想着这半年以来,志远在病床上如同困兽的情形,和他那越来越消沉的意志。他甩了甩头,毅然决然地说:"与其让他慢吞吞地等死,不如赌它一下!医生,你准备给他开刀吧!"这天,忆华到志远床边的时候,虽然她竭力掩饰,仍然无法隐藏哭过的痕迹。志远深深地打量她,然后抬头看着志翔、丹荔,和站在另一边的老人。今天是什么日子?大家都聚齐了来探望他?"好吧,说吧!你们有什么事情要告诉我吗?"志远问,眼光锐利地看着他们。"哥!"志翔开了口,"医生已经决定,下星期要给你动手术。""是吗?"他问,喜悦地笑了,"好呀!总算可以动手术了,这鬼医院再住下去,我不死也会得精神病!"

忆华凝视着他,悄然地把手放在他的胳膊上。

"志远！"她犹豫地叫，欲言而又止。

"干吗？"志远问。"我在想……我在想……"忆华吞吞吐吐地说不出口，"我在想……""你到底想什么？"志远不解地问。

"我想……"忆华忽然冲口而出，"我们结婚吧！"

"结婚？"志远吓了一大跳，"你是说，在我动手术以前，要和我结婚吗？"忆华低俯了头，默然不语。

志远环视着他们，忽然间，他勃然大怒。用手重重地拍了一下床垫，他吼叫着说：

"忆华！你要和我结婚？你现在要嫁给我？你这个莫名其妙的傻瓜！你小说看多了！你电影看多了！只有在小说或电影里面，才有女孩子去嫁给垂死的爱人！你现在要结婚？你认为我挨不过这个开刀是吗？你以为我立即会死掉，是吗？你已经准备来当我的寡妇了，是吗？你要像志翔所预言的，来给我披麻戴孝吗？""志远！"忆华崩溃地哭了出来，哀切地叫，"你说点吉利话吧！""吉利？我不懂什么吉利不吉利！"志远继续吼叫，面庞因激动而发红，"我从来就不迷信！让我告诉你，忆华！"他一把抓住忆华胸前的衣服，强迫她抬起头来，紧盯着她的眼睛，坚决地、果断地、肯定地、一字一字地说："我要娶你！我娶定了你！不在现在，不在目前，在我开刀以后！我要你有一个强壮的丈夫，我要你当一个喜悦的新娘！我要活一百岁，和你共同主持曾孙的婚礼！我不和你开玩笑！我要娶你！在教堂里，在阳光下，决不在病房里！"抬起头来，他以无比坚定的目光，扫视着床前的亲人。"你们都是我的证人!志翔,你相信你的哥哥吗?""我一直相信!"志翔动容地、崇拜地说。

"你去告诉他们,解释给他们听!"志远说,"死神还打不倒我!我会活得好好的!我会站在阳光底下,迎娶我的新娘!"

志翔点头,所有的人都呆在那儿,望着志远的脸,那脸上焕发着生命的光华,眼睛里闪耀着活力与信心!志翔面对着这张脸,朦胧地想着:这样的生命是不会死亡的!这样的生命是永远不朽的!虽然他只是沧海之一粟,虽然他漂洋过海,学无所成,虽然他一生挣扎,充满患难和辛酸,但是,这样的生命是不朽的!永远不朽的!他忽然充满了信心与安慰,他会活下去!

两个月以后,我们的故事结束在一个婚礼上。

如果你去过欧洲,如果你到过罗马,你一定不会忘记参观那种古老的小教堂:墙壁是大大的石块堆砌而成,上面爬满了绿色的藤蔓,开着一串串紫色的花束。教堂那五彩的玻璃窗,迎着阳光,闪烁着绚丽的光芒。教堂门口,台阶上长着青苔,像一层绿色的地毯。花园里,一丛丛的花坛,盛开着蝴蝶兰、郁金香、玫瑰、蔷薇。教堂里,阳光从彩色玻璃中射入,照在那肃穆、庄严、宁静的大厅里。古老的风琴声,奏着结婚进行曲,回响在整个大厅中。而一对新人,就在这样如诗如梦的境界里,在亲友的祝福中,在神父的福证下,完成终身的佳礼。这不是中国式的婚礼,没有吹鼓手,没有花轿,没有宴席,但它别有一种庄严与隆重的气氛。婚礼既成,一对新人站在花园里,站在那闪耀的阳光底下,谁也不能体会,这一刹那间,两人心中所涌起的喜悦与辛酸。

"我要吻新娘!"丹荔叫着,不由分说地在忆华脸上左吻右吻。"我要吻准新娘!"志远叫着,把丹荔拖过来,也在她面颊上左吻右吻。"真的!"老人笑得合不拢嘴,他左手拉着志翔,右手拉着丹荔,问,"你们什么时候结婚啊?"

"我和丹荔商量过了,"志翔说,"哥哥既然在罗马结了婚,我和小荔子,应该回家去结婚。你也要回去的,高伯伯,你是我们的结婚证人。""回家?"老人问,眼睛闪亮,"我也去?"

"是的,在海的那一边。"志翔遥望着天边,"我们的父母,还在那儿等着我们。""丹荔的父母会参加这婚礼吗?""他们会的!"丹荔一脸的光彩,满眼的喜悦,"他们一定会的!因为我会撒赖!"

大家哄然地笑了。笑声中,志翔悄悄地把志远拉到一边,低声说:"哥,我有样礼物送给你!"他从口袋里掏出一张剪报,递到志远手中。志远看过去,报上有一张照片,照片里赫然是一件雕塑品,题名叫《手》!十只伸往天空的手,在呐喊、在追求、在呼吁的手!年轻的、年老的、粗糙的、细腻的手!照片旁边,有一篇简短的报道:"本季沙龙中,最受各方瞩目的一件雕塑品,是一位年轻的东方雕塑家所塑造的。这件题名为《手》的铜雕,充满了力与生命、感情与思想,是一件不可多得的作品!不论本季的雕塑奖,会不会由这位年轻人得去，我们仍然认为这是件值得推介、值得赞美、值得喝彩的佳作！"

志远抬起头来，他的脸发亮，眼睛发光，一把揽住志翔的肩膀，他又激动，又心酸，又高兴，又安慰地说：

"志翔，我离家十年多，终于觉得我即使回家，也不会无颜见江东父老了。志翔，你终于找到你所缺少的东西了，咱们也该回去了！""小翔子！"丹荔在一边大叫，"你们兄弟两个是怎么回事啊？今天是忆华姐姐结婚，你总不能把新郎给拉到一边说悄悄话呀！我看，你们兄弟对于彼此呀……"

"永远比我们重要！"忆华一反平日的沉静羞涩，忽然说。然后，就和丹荔相视大笑了起来。

这一笑，兄弟两个也笑了，老人也笑了。走出教堂的花园，那辆小破车居然充当了喜车，绑着花束和缎带，挺有风味地停在那儿。志翔坐上了驾驶座，大家都挤了进去，丹荔挥手大叫："唷呵！小破车！前进！小破车！加油！小破车！"

小破车一阵摇头喘气，然后大大地咳嗽了一声，就往前冲去。全车的人都欢呼了起来，忆华的头纱在风中飘扬。老人张开嘴，情不自已地唱：

　　破车快飞！破车快飞！

于是，全体都唱了起来：

穿过罗马，越过废墟，
一天要跑几千里！快到家里！快到家里！
爸爸妈妈真欢喜！

——全文完——

一九七六年二月二十五日夜初稿完稿
一九七六年二月二十八日黄昏修正完稿

后记

今年年初,我又从国外归来。

前前后后出去的次数,自己也不记得是第几次了。我的生活,长久以来,就是被"写作""休息""旅行"三件事占据的。写作的时候,我总是夜以继日,不眠不休,不见人,不应酬,不回信,不接电话……全神贯注地写,因而被亲家们给予"六亲不认"的外号。休息的时候,我就完全变了,我看书,交朋友,聊天,看电影,尽量放松自己的情绪,完全不去想我的写作。而旅行的时候,我不只是在享受,我也忙于观察和吸收、追寻和体验,对一切新奇的事物,我总在近乎感动的情绪下惊叹而欣赏。这样,我活得好忙,也活得好充实。出去的次数多了,就想以国外为背景来写部小说,但是,这只是个念头而已,我对国外的任何地方,都只是走马看花,缺乏深入的认识,真要写自己不了解的东西,毕竟太困难。因此,这念头在脑中闪过,却从未有任何力量,吸引我去实行。

若干年前,我第一次去罗马,我立即被那个城市震撼了。我疯狂地迷上了罗马,当时,就很激动地说过一句话:

"所有有关艺术的神话!应该发生在这个地方!"

不久之后,我又一次去罗马,坐在翠菲喷泉的前面,坐在古竞技场的拱门下,坐在国会广场的台阶上,坐在罗马废墟的断壁残垣里,我忽然间觉得有股强大的力量,把我给牢牢地抓住了,我对自己许下一个宏愿:我一定要以罗马为背景,写一部小说!"宏愿"是有了,却没有"故事"。我无法去杜撰一个空中楼阁般的故事,也无法"无中生有",这愿望就埋藏在我的内心深处,一直埋了四年之久。

直到今年一月,我在美国,去了旧金山,去了洛杉矶,去了华盛顿 DC。接触到很多留学生和华侨,听到很多的故事,包括一些稀奇古怪、令人难以置信的奇闻。而这些故事之中,有一个故事却深深地感动了我!

一月底,我从国外倦游归来,一下飞机,就被"家"的温暖给包围了。奇怪,出去的次数越多,对于"家"的感情就越浓厚,对于自己"国家民族"的观念也就越深重。海外,即使是集声色之极的拉斯韦加斯,即使是雾蒙蒙的金门大桥,即使是华盛顿的国家博物馆,即使是日本的富士山,即使是东京的宝冢歌舞,即使是京都的庙宇楼台……都抵制不了"家""国"对我的呼唤!回到台湾,回到家里,我满足地靠在沙发中,由衷地说了一句:

"是我开始写《人在天涯》的时候了!因为,我有了'故事'，也有了'感情'，还有了'动力'！"

我坐进了书房，没有延误一分钟，立即执笔写《人在天涯》。虽然我刚经过一段疲劳的旅行，虽然正逢春节，虽然旅美多年的锦春妹第一次返台，我都无暇旁顾，又恢复了"六亲不认"的我，埋头在我的作品中。

《人在天涯》虽然有一个真实故事为蓝本，但不可否认，我更改了若干情节，也夸张了若干情节。真实故事写成小说，要想完全"写实"，是根本不可能的事，连"传记"都做不到百分之百的真实。我把这故事从美国搬到欧洲，一来偿了我的夙愿——以罗马为背景写一部书。二来，我认为这故事如果发生在欧洲，比发生在美国更动人而合理。三来，不论罗马也好，瑞士也好，美国也好，对我而言，都是"天涯"！

我执笔写《人在天涯》的同时，正好《联合报》在海外发行《世界日报》，邀稿甚殷。因此，这部书原为《皇冠》杂志所预订，经协商后先给了《联合报》与《世界日报》，再由《皇冠》杂志转载。也打破了我历年来所坚持的一个原则——书未完稿前决不发表。这本书是边写边登的，因而，也带给我极多的难题。

在写作前，我认为两度去罗马，而且有份很细密的日记，写这本书绝不成问题。谁知一旦着手，才知道自己所了解的，毕竟只是皮毛。对雕塑、对艺术，我也只能欣赏而无研究，这本书写得十分辛苦。为了怕出错误，我直接或间接地请教了多位在欧洲留过学的音乐家和艺术家。在这儿我特别要向这些位帮助过我的朋友致谢，包括林宽先生、席德进先生、郭轫先生、徐进良先生、纪让先生和白景瑞先生。如果这本书写得真实，是诸位先生帮助之功，如果有错误，是我记录之失，无论如何，若有谬误之处，请读者多所包涵。

虽然有各位先生的协助，这本书仍然有若干问题。例如，欧洲的艺术学院是学分制或学年制，就有两种不同的说法，有的说是学年制，有的说是学分制。经我求证结果，在罗马的"国家艺术学院"，是学年制，欧洲其他艺术学院，多为学分制，于是，故事中，我采用了后者。再例如学位问题，艺术学院毕业后，是学士？硕士？还是博士？最高能修到什么学位？各种说法，莫衷一是。终于，我综合各方面的资料，认为这学位只有一个"称谓"，并无"艺术博士"的存在。又例如欧洲的艺术沙龙，是一年四季皆有？还是每年一次？凡此种种，我所写的，可能会有错误，虽然与故事情节及主题，并无太大关系，却不能不加以说明。

回忆这些年来，我从开始写作至今，已有十五年以上的历史，这是第一次，我写《人在天涯》这种题材。我常说，我不"求变"，可是，随着年龄的增长，见闻的增加，我体验的不同，我的作品可能会自然而然地"变"。这本书，和我以往的作品，我相信有一段距离。我不知道我的读者，会不会喜欢它？因为赶时间，这些日子，我不眠不休，在书桌前熬了不知多少个通宵！（碰巧有两次，我所住的地方竟通宵停电，我只能秉烛而写，在烛光摇曳下，字迹模糊，连格子都看不清，虽然烛光很诗情画意，仍然弄得我"眼花缭乱"，对古人的秉烛夜读，不能不深深佩服！）这一个月来，我对志远、志翔、忆华和小荔子，比对我自己还熟悉，只由于故事有若干真实性，我写得辛酸，写得激动，写得泪眼模糊！

我爱这个故事，我爱这故事中每个人物，如果这故事不能感动别人，是我写作的失败，不是故事的失败，如果它能得到一点点"共鸣"，我愿已足！走笔至此，我觉得心里有千言万语，难以尽述。我从来不解释自己的作品，十五年来，不论褒与贬，我皆默默承受。对于《人在天涯》，我也不想再多说什么。无论你喜欢或不喜欢，我"努力"过了，我"耕耘"过了，我"写"过了。

一九七六年三月五日夜

（京权）图字：01-2024-1747

图书在版编目（CIP）数据

人在天涯 / 琼瑶著. -- 北京：作家出版社，2024.10
（琼瑶作品大合集）
ISBN 978-7-5212-2885-4

Ⅰ.①人… Ⅱ.①琼… Ⅲ.①长篇小说-中国-当代 Ⅳ.①I247.5

中国国家版本馆 CIP 数据核字（2024）第 098312 号

版权所有 © 琼瑶

本书版权经由可人娱乐国际有限公司授权作家出版社出版简体中文版
非经书面同意，不得以任何形式任意重制、转载。

人在天涯

作　　者：	琼　瑶
责任编辑：	张　平
装帧设计：	棱角视觉　纸方程·于文妍
出版发行：	作家出版社有限公司
社　　址：	北京农展馆南里10号　　邮　　编：100125
电话传真：	86-10-65067186（发行中心）
	86-10-65004079（总编室）
E-mail：	zuojia@zuojia.net.cn
http://www.zuojiachubanshe.com	
印　　刷：	北京盛通印刷股份有限公司
成品尺寸：	142×210
字　　数：	115千
印　　张：	5.5
版　　次：	2024年10月第1版
印　　次：	2024年10月第1次印刷
ISBN 978-7-5212-2885-4	
定　　价：	28.00元

作家版图书，版权所有，侵权必究。
作家版图书，印装错误可随时退换。

品琼瑶经典

忆匆匆那年

琼瑶作品大合集

1963 《窗外》	1981 《燃烧吧！火鸟》
1964 《幸运草》	1982 《昨夜之灯》
1964 《六个梦》	1982 《匆匆，太匆匆》
1964 《烟雨蒙蒙》	1984 《失火的天堂》
1964 《菟丝花》	1985 《冰儿》
1964 《几度夕阳红》	1989 《我的故事》
1965 《潮声》	1990 《雪珂》
1965 《船》	1991 《望夫崖》
1966 《紫贝壳》	1992 《青青河边草》
1966 《寒烟翠》	1993 《梅花烙》
1967 《月满西楼》	1993 《鬼丈夫》
1967 《翦翦风》	1993 《水云间》
1969 《彩云飞》	1994 《新月格格》
1969 《庭院深深》	1994 《烟锁重楼》
1970 《星河》	1997 《还珠格格第一部1阴错阳差》
1971 《水灵》	1997 《还珠格格第一部2水深火热》
1971 《白狐》	1997 《还珠格格第一部3真相大白》
1972 《海鸥飞处》	1997 《苍天有泪1无语问苍天》
1973 《心有千千结》	1997 《苍天有泪2爱恨千千万》
1974 《一帘幽梦》	1997 《苍天有泪3人间有天堂》
1974 《浪花》	1999 《还珠格格第二部1风云再起》
1974 《碧云天》	1999 《还珠格格第二部2生死相许》
1975 《女朋友》	1999 《还珠格格第二部3悲喜重重》
1975 《在水一方》	1999 《还珠格格第二部4浪迹天涯》
1976 《秋歌》	1999 《还珠格格第二部5红尘作伴》
1976 《人在天涯》	2003 《还珠格格第三部天上人间1》
1976 《我是一片云》	2003 《还珠格格第三部天上人间2》
1977 《月朦胧鸟朦胧》	2003 《还珠格格第三部天上人间3》
1977 《雁儿在林梢》	2017 《雪花飘落之前——我生命中最后的一课》
1978 《一颗红豆》	2019 《握三下，我爱你——翩然起舞的岁月》
1979 《彩霞满天》	2020 《梅花英雄梦之乱世痴情》
1979 《金盏花》	2020 《梅花英雄梦之英雄有泪》
1980 《梦的衣裳》	2020 《梅花英雄梦之可歌可泣》
1980 《聚散两依依》	2020 《梅花英雄梦之飞雪之盟》
1981 《却上心头》	2020 《梅花英雄梦之生死传奇》
1981 《问斜阳》	